Ayashi-no Hokenshitsu

Ayashi-no Hokenshitsu

あやしの保健室

1

あなたの心、くださいまし

んまぁ、みなさん、お別れの贈りものをくださいますの？

なんでも？

うれしいですわ、では遠慮なく。

ヒカリゴケさん、その光を、小指の先ほど分けてくださいまし。

樹齢千年の長老さま、地中からもりあがる太い根の皮をひとかけ、よろしいかしら。

ノイバラさん、そのトゲをいくつか、とびきり痛そうなのをお願いしますわ。

底なし沼さん、水面にゆれる満月をいただきますわね。

あら、ミズグモさん、こんばんは。

ええ、しばしのお別れですの。

わたくし、うふっ、学校へゆきますのよ。

人の子が集まるところだと、昔、ざしきぼっこちゃんが教えてくれましたの。

心と心をぶつけたり、寄りそわせたりするのですって。

わたくし、もう子どもではありませんから、〈ヨウゴキョウユ〉としてまいります。

うふ、〈ホケンシツのヌシ〉になりますことよ。
ミズグモさんは、そこがどんなところだか、ご存じかしら？
うふっ、うふっ。
子どもたちが、やわらかい、かな心を抱えてやってくるところですわ！
ええ、わたくしが、ほしくてほしくて、求めつづけてきたもの。
ですから、霊力の高いものを集めてますの。
目に見えないものに形をあたえるには、特別なアイテムが必要ですものね。
んまぁ、ミズグモさん、大切な糸をくださいますの？
ありがたくいただきますことよ。
きっと、たくさんの心を……。うふ、うふっ。
応援していてくださいまし。
もっともっと、準備いたしますことよ。
明日は、うるわし谷に咲きほこる白バラさんのところへ。
うふっ。

もくじ

【一学期】

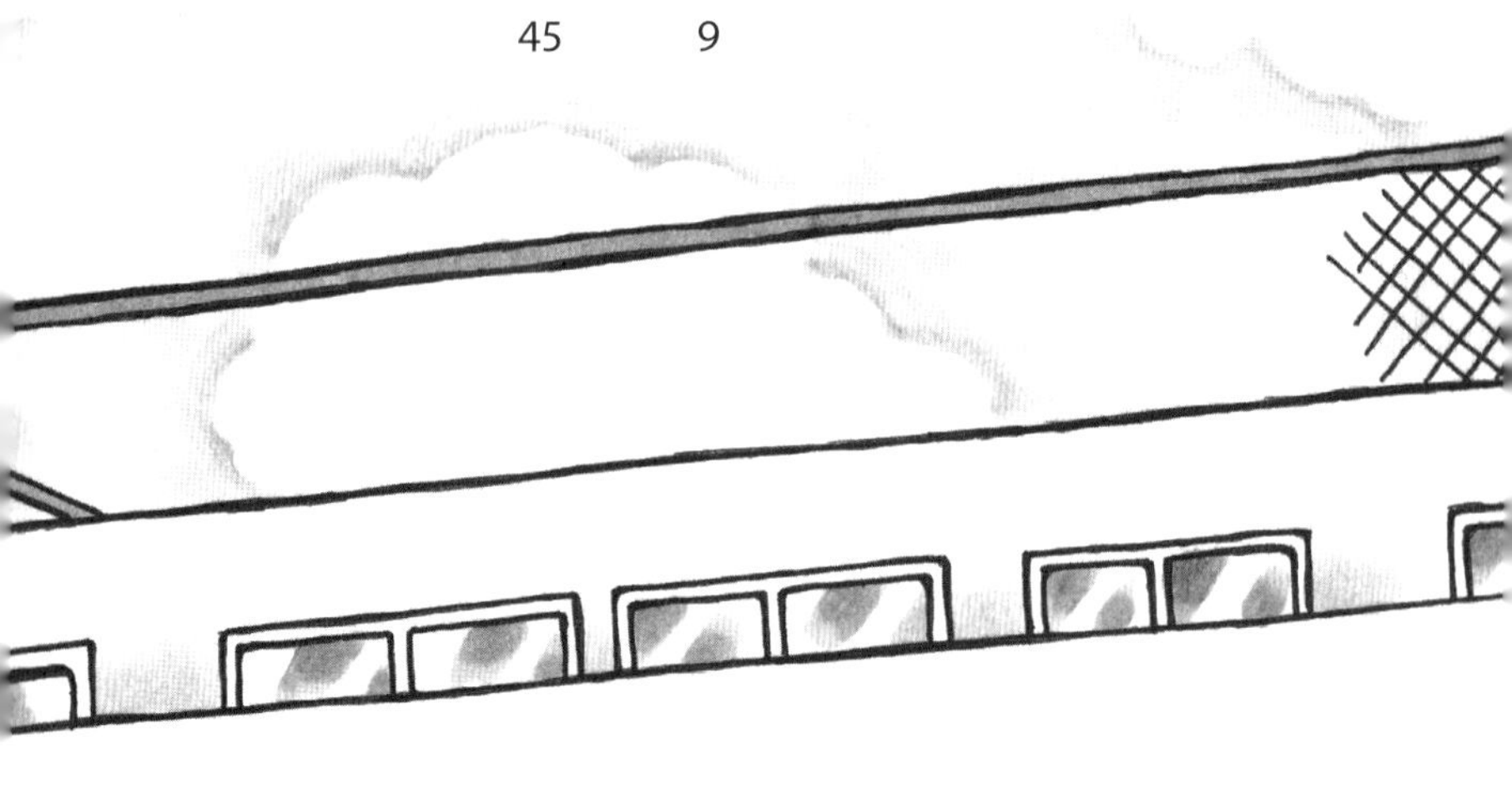

【二学期】

【三学期】

装丁／大岡喜直（next door design）

装画／HIZGI

一学期

ネタミノフジツボ

六年一組　西田花菜（にしだかな）

終わりのチャイムが鳴った。

教科書を閉じるかすかな風音、ランドセルのふたを開け閉めする音。いすをガタゴト、さようならのあいさつ、仲良しどうしのおしゃべり。みんな、のびやかで楽しそうだ。

うらやましい。

花菜は左手をにぎりしめ、ざわめく廊下を歩く。これからダンスの練習だ。

少し先に、ダンスクラブのキャプテン、華の背中を見つけた。足が止まる。左手を、いっそうきつくにぎった。ジクンと痛む。

華から視線をそらしたくて、窓の外へ顔を向けた。ここは三階、校庭を見おろせる。鮮やかな緑が目に飛びこんできた。校庭をはさんだ東校舎の一階で、窓辺にあふれんばかりの葉がゆれている。まるで園芸ショップか、おしゃれなカフェ。

あそこは、保健室。

花菜は、保健室の戸をノックしかけて、途中で腕をおろした。

やっぱり、やめておこうか。先生のほかにだれかいたら、いやだ。

だけど。

にぎりしめた左の手のひらが、ジクジクと熱い。

大きく息を吐いたとき、からりと、戸が開いた。

白衣を着た女の人が立っていた。この春、新任でやってきた、養護の妖乃先生だ。

化粧っけのない日焼けした肌に、迫力のある大きな目。だれかが縄文顔っていってた。

長い黒髪が海藻のように波打ち、背中に広がっている。

「おいでなさいまし。六年一組、西田花菜さん」

低くかすれた、耳に心地よいハスキーボイス。全校児童の顔と名前をおぼえているってうわさは、本当らしい。

「だれもおりませんことよ。わたくしと、あなただけ」

声に吸いこまれるように、保健室に足をふみ入れた。放課後のざわめきが遠のく。

春の日差しがそそぐ窓辺にはプランターがひとつ、若葉があふれるように伸び広がっている。みずみずしい匂いだ。窓が開いているにもかかわらず、外とはちがう空気みたい。

左手が、自然に開く。

「あら、花菜さん、その手」

肩を抱かれ、保健室の奥へと導かれた。ベッドが二つ並んでいる。

「ベッドにあがって、らくな姿勢でおすわりになって。さぁ、手をよく見せてくださいまし」

花菜は足を伸ばしてすわり、手を先生に預けた。手のひらの真ん中で、富士山みたいな形のデキモノが、熱をもっている。

先生が、声をひそめた。

「これ、ネタミノフジツボ、ですわ」

いわれてみれば、海辺の岩にへばりつくフジツボそっくりだ。

なんで、手に？

「だれかをねたましく思うと、ネタミンって物質が、体の中にわき出しますの。涙やエネルギーに変換して放出できればよろしいのですけれど、体にためこみますと、こ

んなふうにふき出しますのよ」

ネタミン……。

「心あたり、ございまして？」

ある。

青山華。同じマンションに住む幼なじみ。小さいころから仲がよく、アイドルグループのふりつけをまねて踊るのが、お気に入りの遊びだった。

小学五年生になったとき、ふたりで相談して、学校のダンスクラブに入った。

同時に、華は街のダンススクールにも通い始めた。

「花菜も習おうよ。ママの車で、いっしょに送りむかえしてあげる」

行きたかったけれど、花菜の母親が断った。兄ちゃんの受験と妹の入園にお金がかかるから無理って。

華は、なぐさめてくれた。

「スクールで習ったこと、花菜にも教えてあげるから」

心のどこかが、チリチリ焼けた。

華は、ダンスクラブの仲間にも親切だった。

「ストレッチが大切なんだよ」

と、やって見せてくれる。もともと運動が得意で、体もやわらかい。ただのストレッチなのに、とてもきれい。だれかがつぶやいた。

「華ちゃん、白鳥みたい」

教わっても、華のようにはできなかった。ダンスが好きって気持ちは負けないのに。

六年生になった今、華はダンスクラブのキャプテンで、ポジションはセンターだ。あたりまえのように、そうなった。

そして花菜は、左手をにぎりしめるようになった。にぎりしめながら、自分にいい聞かせた。華と自分をくらべちゃダメ、うらやむより練習しよう、もっともっとがんばろう。

ある日、華のダンスを見ながら心でつぶやいている自分に、気がついた。

（失敗しろ、失敗しろ）

いやだった。なのに、止められない。つぶやきはどんどん、みにくくなっていく。

(転んじゃえ、けがしちゃえ)

爪を立てて手をにぎるようになった。爪を手のひらに食いこませる。手のひらに小さな傷ができた。華のダンスを見ては、また、爪を立てる。傷は、オデキになった。はじめはぶよぶよしてたけど、爪をつき立てるうちに真ん中に穴があき、そのまわりは石みたいに硬くなった。熱をもってジクジクうずきだした。


「花菜さん、お聞きなさいまし」

ハスキーボイスに、はっとする。黒く深いひとみが、花菜の目をのぞきこんでいた。

「このままだと、フジツボが増殖しますことよ」

「そ、そうしょく?」

「首にも顔にも、いいえ、全身にネタミノフジツボがはりついて、ネタミノカタマリになってしまいますわ」

そんな。

「い、いやっ」

声がふるえた。

「こわいでしょう？　うふふ」

先生は満足そうにうなずく。

「ねたむことを、おやめなさいまし」

「……どうやって？」

やめたいと思っても、ねたみはわいてくる。

「ねたむ気持ちをバネにして、なにくそってがんばればいいんです。うふ、我ながら模範解答ですこと」

がんばったもん。ネットでステップ調べたり、アイドルグループのふりつけを録画して何度もまねたり、ストレッチだってやってみた。それでも、ダンススクールに通う華には、かなわない。

ずるいよ、華。

うふ、と妖乃先生のささやきが耳をくすぐる。

「そんなコワイ顔なさらなくても。しかたありませんわね、妖乃特製アイテムをお出しいたしましょう。ただし、今回だけでしてよ」

先生は壁ぎわの棚へ歩みより、小びんとスプーンを手に、ベッドわきにもどってきた。手のひらですっぽり包めるほどのガラスびんには、バラの花が彫りこまれている。

「抗ネタミンシロップですわ。シミひとつない白バラのつぼみ、その清らかさとプライドを煮つめましたの」

小びんのふたが開く。ほのかに甘く、そのくせ、りんと清々しい香り。

とろりとした半透明の液体が、スプーンにうつされた。

「おさじ一杯が一回分ですの。花菜さん、あーん」

スプーンが差しだされ、舌の上に液体が広がった。香りにうっとりする。味はほんのり甘く、うぇ、苦くなった。あわてて飲みこむ。

とたんに、体が軽くなった。重苦しい熱も痛みも、すぅっと去る。

「らくになりましたでしょ？」

「うん」

左手を開いてみた。フジツボも消えている。

なんだ、こんなに、かんたんなことだったんだ。もっと早く、保健室に来るんだった。

「とてもよく効きますけれど、またねたんでしまうと、リバウンドしますことよ」

リバウンド？　どうなるっていうんだろ。まぁいいや、心配ないもん。さっきまでの花菜はどうかしてたんだ。

華は小さいころからの仲良し。ああ、親友を失うところだった。

あ、ダンスの練習に行かなくちゃ。

花菜は、ベッドから飛びおりた。

「先生、ありがとっ」

翌朝はさわやかに目覚め、華とおしゃべりしながら登校し、授業にも集中できた。

そして放課後、ダンスクラブのメンバーが視聴覚室に集まった。自分たちのダンスを、ビデオで確認するんだ。これは、華の提案。

「自分の踊りを見ないと、上達しないと思います」

ダンススクールならば壁一面が鏡、体の動きを目でたしかめながら踊るそうだ。学校の体育館に、そんな鏡はない。だから、昨日の練習を顧問の先生が録画してくれた。

花菜も、保健室に寄ったせいで遅刻したものの、録画タイムには間にあった。

大型スクリーンに練習風景が再生され、アップテンポのイントロが流れ始める。コンクール出場のためのダンスだ。

五年生が、ため息まじりにつぶやいた。

「華せんぱいのスターティングポーズ、かっこいい」

ただうつむいて立つだけのポーズなのに、ぴしりと決まっている。その体が動き始めたとたん、歓声があがった。

「華ちゃん、うまーい」

「うわ、ジャンプ、きれいっ」

「さすが、白鳥」

華は——華だけが、練習し始めてまだ二週間のふりつけを、完ぺきに、音楽にのせて踊っている。正確なステップ、一瞬の止めとタメ、華麗なジャンプターン。ポニーテールの激しい動きが、プロダンサーみたいだ。

そして——。

となりで踊る花菜の、ぶざまなこと。あれが、ダンス？

華が白鳥ならば、花菜はニワトリ。飛べないくせに羽をばたつかせ、せわしなく走りまわるだけの。

花菜は、スクリーンから目をそらす。それでも、華をほめたたえる仲間の声が、耳に入ってくる。

華が、キャプテンっぽく、答えている。

「みんな、自分の踊りをちゃんと見なきゃ。もう一度再生するから、それぞれ、どこを直せばいいのか考えて」

見たくない。華との差を見せつけられるだけだ。

くらべちゃダメ、うらやんじゃダメ、そんなことわかってる。花菜だって精一杯努力すれば、いつかきっと。自分にそういい聞かせてきたけれど……。

もういやだ。

華が、踊れなくなればいいのに。

ジク。

けがすれば、いいんだ。

ジク。

たとえば、階段をふみはずして。

ジク。

華が階段の下でうずくまっている姿を、想像した。

ジクンッ、痛いっ。

いけない、いけない、手のひらに爪をつき立てていた。あわてて力をぬいたら、手のひらが、
もぞりとくねった。

まさか。

机の下で、そっと左手を開く。

……！

さけびそうになって、声を飲んだ。

やだ、やだ、やだ！　手をにぎりしめて、視聴覚室を走り出る。

廊下をかけぬけ、息も切れ切れに、保健室の戸を開ける。からり。

白衣の妖乃先生が、出むかえるように立っていた。

「おいでなさいまし、西田花菜さん」

「先生、助けてっ」

花菜は左手をつき出す。その手のひらに、フジツボが三つ……ああっ、四つに増えている。

「うふふふ、リバウンドしましたわねぇ、まぁ勢いがあること、どんどん増えますわ」

気のせいだろうか、先生の声が弾んでいる。

「先生、早く、あのシロップを」

「だめですわ。あれはひとりひとさじ、一回きり。それ以上飲むと副作用が出ますのよ」

「あと、もう一回だけ」

先生は首を横にふる。

「そんなことしたら、わたくしが、しかられますわ」

「なんとかしてっ」

白衣の腕にすがりつく。

先生の口角が、楽しそうにあがる。

「今度は、ご自分でがんばってごらんなさいまし。だいじょうぶ、花菜さんならきっとできますわ。うふ、我ながら教育者らしいセリフですこと」

そうしている間にも、手のひらに泡のように、フジツボがわきあがってくる。いやっ。

「うふ、ずっと見守っていたいですが、わたくし、職員室に用がありますの。花菜さん、ベッドでお休みになっていてくださいまし」

ドアを閉め、行ってしまった。

保健室には花菜ひとり。棚へ目がいく。あそこに、シロップがあるはず。

左の手のひらが、ぐぬぐぬ動いている。もう見るのもこわい。フジツボがどんどん増えて、体じゅうおおわれて、花菜はネタミノカタマリになるんだ。

気づいたら、棚のとびらを開けていた。

うふ、と笑い声が聞こえたようで、ふり返る。だれもいない。窓辺に茂る葉が、ゆれているだけだ。浅く息を吐いて、棚に向きなおった。

ガラスのびんが並んでいる。中味は粉だったり、トローチだったり、わけのわからないものだったり……あった、バラの小びん！　スプーンもそばにある。副作用って言葉がちらりと浮かんだけれど、甘くやさしい香りが、そんな心配をかき消す。

小びんをかたむけ、液体をスプーンに満たす。口に入れた。甘みのあとに、顔をしかめたくなる苦さ。これでもうだいじょうぶだ。ほら、バラの香りが花菜の内側に広がる。

なのに、なぜだろう、胸の奥がざわりとした。左の手のひらが、痛がゆい。手を開いた。

ひっ。

十個ほどのフジツボが、右に左にふるえ、ぶつかりあい、合体している。ひとつの大きなフジツボへと育っていく。

いやぁ。

その場にしゃがみこんで、きつく目を閉じた。


ドクンドクンドクンドクンドクン……。

閉じたまぶたの裏に、白く輝くものが見えた。バラのつぼみだ。いくつもいくつも。

あ、咲く。

つぼみがゆっくりと開いた。と思ったら、花びらがいっせいにガクからはなれ、ひらり、ふわり、宙をただよい、広がり始めた。

うっとりする香りが、近づいてくる。

気づけば、花びらに取りかこまれていた。

(ふふふふ)

（ほほほほ）

冷気が押しよせる。

（ニシダカナ）

花びらに、名をよばれた。

（ここが、どこだが、わかるか）

ここは……うす暗く、息苦しい。黒いすすが、ただよっている。はじめて見る場所。

なのに、知っている気がする。

（ここは、われらが、清めたはずの）

（されど、再びけがれし、おまえの心の中）

ああ、たしかに、この息苦しさにおぼえがある。

（われらの清めを、無にしておいて）

（よくも、再び、われらをよべたものよ）

美しい声に責められ、花菜はうつむく。その肩に、すすのかたまりがひとつ、落ちた。じめりといやな感触が、しみこんでくる。

やめてっ。
花菜は、黒いかたまりを手で、はらい落した。
（ふふふふふ）
（ほほほほほ）
花びらが、宙に浮いたまま笑う。
（それは、おまえの、ネタミン）
（はらえ、はらわねば、うもれるぞ）
すすが次々と、落ちてくる。花びらをさけ、花菜にだけ。はらっても、はらっても。
いやっ。
（助けてほしければ）
助けて。
（〈清らか〉こそ最高の美と、あがめよ）
あがめる、いうとおりにする。
（ならば、その右手に）

(われらの美を、いっとき、さずけてやろう)
おそるおそる差しだした右手のひらに、花びらが一枚、のった。氷みたいに冷たい。
冷たすぎて痛い。と、手のひらに白バラが咲いた。
花菜に降りかかろうとしていた黒いすすが、あわてて遠ざかる。
(けがれを許すでない)
(その手で清めよ)
花菜は、右手を伸ばす。花びらが舞いあがった。香りが立ちのぼる。冷気が広がる。
ひとかたまりのすすが、白い煙となって消えた。
そうだ、消えてしまえ。ネタミンなんて、全部。
花菜は、右手をふりまわした。
純白の花びらが舞いちる。
むせかえるような香り。
黒いすすが――ネタミンが消えていく。
心の中が、白く浄化されていく。

（ふふふふふ）

（ほほほほほ）

そのとき、心の底で影が動いた。はいつくばって、花びらから逃げている。

あれは、なに？

（あれこそがネタミゴコロ、ネタミンを吐きちらす、けがれのもと）

（かつては火種だったものの、あわれな、なれのはて）

いわれてみれば、影の中に赤いものがある。線香の先っぽみたいな火種だ。それに気づいたとたん、ドクン、どこかが痛んだ。

花びらは、冷たい声でつづける。

（『願望』の火種が、願いかなわず、あのありさま）

（あれに情けをかけたせいで、われらの清めがだいなしに）

花びらが影を追う。

（ふふふふふ）

（ほほほほほ）

追いつめる。

影は心の隅、小さなくぼみにうずくまった。ユルシテ、そういっているみたいに、身をちぢめている。影の中で、小さな火種が赤くなったり消えかけたりを、くり返している。まるで呼吸しているみたいだ。願望の火種？　どんな願いだったのかおぼえていない。でも……なぜだろう、失いたくない。そっとしまっておきたい。だから、もう心の中へ出てきたりせずに、そこで、おとなしくしていて。

花菜は、あたりを見渡す。清らかになった心が、白々と明るい。

これでいい。

(なにをしておる)

美しい声がいい放った。

(けがれのもとを残してはならぬ)

花びらが舞う。しみひとつない清らかさで、影の上で、舞う。

さらりさらり、光がこぼれ落ちる。

影は、光にさらされ白い灰となり、くずれていく。

その奥の小さな火種も、今にも消えてしまいそうだ。
影の中にカッと二つの目が開いた。花菜を見つめる。
花菜は泣きたくなる。
美しい声が命じた。
(けがれを清めよ)
だけど……あの火種は……ああ、思い出せない。
(〈清らか〉に従え)
空気がゆらめき、あたり一面、白バラが咲き始めた。
輝く純白。
香りにおぼれてしまいそうだ。
(ふふふふふふふ)
(ほほほほほほほ)
冷気がうずまく。
花びらが舞う。

花菜も舞う。

さらりさらり、影に光がこぼれる。

影が、白い灰となっていく。

花菜は舞いつづける。

これでよかったのかな。

いいんだよね。

ほんとうに？

……。

影の、必死の視線が、突きささる。

右手でそれをさえぎった。

そのとき風が吹いた。

花菜と影の間に、いつのまにか穴があいている。そこから風が、言葉を運んできた。

――デテオイデナサイマシ。

影がさけんだ。

――キョワーッ。

そして花びらをけちらし、穴に飛びこんだ。

「ケーッ」

奇妙な声が、花菜の外から聞こえてきた。


花菜は目を開けた。保健室の床にぺたりとすわっている。目の前に、にぎりこぶしほどの灰のかたまりが落ちている。動いた。くちばしが見えた。灰じゃない。

「ケッ」

と、鳴いた。なに、これ。ミニチュアのニワトリ？　手乗り文鳥サイズだけれど、おもちゃじゃない。生きている。すごみのある目つきで、花菜をにらんでいる。

胸がずきりと痛んだ。花菜は肩をすぼめ、小さくなる。

ニワトリは羽を広げ、首をそらし胸を張って、高らかに鳴いた。

「ケーケケッケーッ」

それに答えるように、花菜のすぐそばで、ハスキーボイスがした。

「んまぁ、かわいいニワトリさん。コッコチャンとおよびしましょう」

妖乃先生が、となりにしゃがんでいた。

花菜はすわりこんだまま、ニワトリを見る。かわいい？　ずんぐりした体に筋ばった足、剣のある目つき。あっ、くちばしにフジツボがはりついている。

自分の手を見た。右手が冷たい。でも変なところはない、だいじょうぶ。左手は……フジツボのあった場所に穴があいている。

なにこれ、といったつもりが声にならない。穴からエネルギーがぬける。立ちあがる力も出ない。

「うふ、副作用があると申しましたでしょ。白バラはプライドが高いですから、自分たちの清めをむだにされることが、がまんなりませんの。二度目の清めは、徹底的ですことよ。けれどそうなるとなぜか、心が、けがれのために逃げ道をつくりますの。不思議ですわね、人の心って」

そういって、先生は満足げに笑う。

「うふふ、そういうわけで、ネタミノフジツボを出口にして、ネタミゴコロが無事、体の外へ脱出しましたの」

うす汚れた羽の、ちっぽけなニワトリだ。

「コッコチャン、ここでは、お好きになさいまし」

「ケーッ」

そいつは走りだした。羽を広げ、ベッドに向かって跳ねる。両足でふとんをつかみ、ばさばさと羽を鳴らしてなんとかベッドによじのぼった。そこからカーテンレールめざして羽ばたき……とどかず途中で床に落ちた。首をかしげ、またベッドによじのぼりカーテンレールへ羽ばたき、……やっぱりたどりつけず、ぶざまに落ちた。

「ケックエーッ」

地団駄ふんで、カーテンレールに怒っている。

ばっかみたい、ニワトリが飛べるはずないのに。羽ばたけるつもりだったの？

ニワトリから目をそらしたら、妖乃先生の顔が間近にあった。

「ネタミゴコロといえども、花菜さんの心の一部分にはちがいありませんのよ」

花菜は、頭を強く横にふる。ネタミゴコロなんて、ニワトリなんて。

「じゃぁ、わたくしに、くださる？」

それは……。弱々しく呼吸していた火を思い出し、花菜はうつむく。

「火種をごらんになったのね」

先生の手が、やさしく背中をなでる。

「願い望むことを願望、熱く望むことを熱望といいますでしょ。切ないほど望む切望、心が渇くほどの渇望という言葉もありますのよ。かなわぬものを求めつづけるのは、つらいことですわ」

ハスキーボイスが心にしみて、花菜は泣きそうになる。

「ましてや、ネタミゴコロに変わってしまった火種は、もっていても苦しいだけ。花菜さんは十分がんばりましたわ。もう、あれを、手放しなさいまし」

せめて、あの火種がはじめはどんな姿をしていたのか、思い出せればいいのに。

「でなければまた、ネタミノフジツボができるかもしれませんわよ」

それは絶対いや！

黒いひとみが、花菜（かな）の目をのぞきこんできた。底光（そこびか）りするひとみに吸（す）いこまれそうだ。

「ならば、コッコチャンをわたくしに、くださいまし」

花菜（かな）は、うなずいていた。

「うふっ、うふっ、うっふふふ」

先生は満面（まんめん）の笑（え）みで立ちあがる。

「コッコチャン、ここをすみかとなさいまし」

窓辺（まどべ）の葉がわさわさ鳴った。さっき見たときより茂（しげ）っている。ニワトリが、その中へもぐりこんだ。

「うふ、では、花菜（かな）さんには」

ハスキーボイスが、うきうきしている。

「ナイナイバンソウコウをはってさしあげましょう」

花菜（かな）は抱（だ）きあげられ、ベッドに運ばれる。手のひらにバンソウコウをはってもらった。

「これで穴がかくれましたわ。なかったことにいたしましょう」

「でも、あの」

やっと、声が出た。

「すぐれものですのよ。はってひと晩寝れば、バンソウコウもろとも穴は消えますわ。ネタミノフジツボも、なかったことになさいまし」

……バンソウコウにおおわれた手のひらを、見つめる。

さすような視線を感じて顔をあげたら、葉陰からこちらをのぞくニワトリと目があった。花菜よりずっと目力が強い。くちばしについているフジツボも、なぜか立派に見える。

花菜は、手のひらにため息を落とした。

なぜ、華をねたんだりしたんだろう。張りあうなんて、無理に決まっているのに。あの子がうまいのはあたりまえ。なぜくやしいなんて感じたのだろう。

ネタミゴコロが出ていったおかげで、らくになった。

……のだけれど、なにか、とても大事なものを、先生にあげてしまったような気もする。

「花菜さんはネタミゴコロを手放しよい子になる。コッコチャンは解放される。わたくしはコレクション一号を得て、めでたしめでたし、ハッピーエンドでございますわ」

そう……だよね。

先生に見送られ、保健室を出た。閉まった戸のむこうで、声がした。

ケッケケー。


翌日。

華が踊っている。花菜は体育館の入り口に立ったまま、それを見ている。

上手だなぁ。素直にそう思える。左手をにぎりしめることもない。

ずっと前にもこんなことがあった、と思い出した。四歳くらいだったろうか。

あのときも、花菜は、見とれていた。マンションの中庭で踊る女の子に。二人組アイドルのヒット曲のふりつけだって、すぐにわかった。花菜も大好きで、部屋でこっそり踊っていたから。

その子の動きは迷いなく、いきいきと輝いていた。アイドルより上手だと思った。

いつのまにか、花菜の体も動いていたらしい。

「仲間みぃつけたっ。いっしょに踊ろ。ペアだよ」

その子があんまりうれしそうに手を引っぱるものだから、いやとはいえなかった。

それに、ペアだよって言葉がすごくうれしかった。人に見られる中庭で踊るなんて、それまでの花菜には考えられないことだったけれど、はずかしさよりも、いっしょに踊れる喜びのほうが何倍も大きかった。花菜は、その子ほど上手じゃなかったけれど、一生懸命練習して、追いつこうと思った。ほんとのペアになりたかった。がんばりさえすれば、かなうと思ってた。

体育館の中からよばれて、思い出から引きもどされた。

「花菜、そんなところでなにしてんの？　早く着替えて、練習しようよ」

華が汗をふきながら、よんでいる。花菜は、ゆるゆると、首を横にふった。

「もう、いいんだ」

いくら練習したって、華のようには、なれない。

「え？　なに？　聞こえない」

そういった華は、後輩に話しかけられ、そっちを向いてしまう。

ペアだと思っていた華は、今やダンスクラブのキャプテン。みんながたよる。

もう、いいんだ。

花菜は、体育館からはなれた。

あの日の想いが、火種だったんだ。思い出したからって、なんの意味もないけれど。

心が軽い。からっぽの軽さ。

保健室に向かっていた。

からり。

「おいでなさいまし、西田花菜さん」

妖乃先生がほほえむ。ニワトリは見あたらない。窓辺に茂る葉が動いているから、
きっとその中なんだろう。

「コッコチャンは元気でしてよ」

「ふうん」

花菜は、どうでもよさそうに返事をして、窓辺で大きく息を吸う。緑の匂いを深く吸いこむ。心のからっぽは埋まらないけれど、ほんの少し、温もる。

保健室から出たら、廊下に華が立っていた。

「花菜、どこか悪いの？」

花菜は、左手を見る。手のひらの穴は、ひと晩できれいにふさがった。ネタミノフジツボのあとも残っていない。

「けが？」

華が手のひらをのぞきこもうとしたから、手を背中にかくす。

「ねえ、どうしたの」

「……………なかったことに、したの」

左腕をつかまれた。

「見せて」

もう、なにも、ないよ。

ぼっこマスク

五年二組　山本笑里（やまもとえり）

笑里は、「笑顔のかわいい女の子」。

えくぼがあるってだけじゃない。それがチャームポイントになるよう、努力をつみかさねてきた。

くちびるがすべすべなのはビタミン効果。苦手な野菜や納豆もがまんして食べる。白くてきれいな歯のために、めんどうくさくても朝晩ていねいにハミガキする。もちろん虫歯ゼロ。

最近は、毎朝、鏡の前で笑顔トレーニングしている。「う、ひ」って形にくちびるを動かすんだ。「ひ」のところで口角をきゅっともちあげる。左右対称のきれいな三日月型になるように。

くちびるの開け具合も大切だ。下の歯は見せず、上の歯だけがくちびるからのぞくように。かといって歯ぐきまで見せちゃいけない。

学校に来る写真屋さんは集合写真をとるときに「にっ」っていわせるんだけれど、笑里は「ひ」のほうがいいと思う。口角に力が入って、えくぼがくっきり出る。

「う、ひ、う、ひ、う、ひひ」

鏡に向かって、今日もかわいいよ、ってほめて、〈笑里スマイル〉完成。

……だというのに、笑里は、クラス替えしたばかりの五年生初日から、マスクをして登校するはめになった。

かっこ悪いうえに、チャームポイントをアピールできない。でもマスクしてなきゃ、くしゃみと鼻水が止まらなくなって、ひどい顔になる。

「学校、休みたい」

「だめ」

花粉症じゃないママは、同情もしてくれない。

パパが大きなマスクをかけて、

「まぁ、お互いがんばろうや。またおみやげにかわいいのを買ってきてやるから」

と、出勤していった。

パパが買ってくれたマスクは、うさぎ柄のと、ねこ柄のと。

「ほら時間よ、笑里もいってらっしゃい」

うさぎマスクで、しぶしぶ登校した。

で、その夜。

「パパおかえりっ。あのね、このマスク、みんなに大人気」

「だろ？　ほら、こんなのもあったぞ」

「ありがとっ。あしたしていくね」


マスクが、笑里の新しいチャームポイントになった。クラスで注目のまと。

「エリの今日のマスク、コアラの鼻だ！」


毎日新品ってわけにはいかないけれど、パパにおねだりして、ママに洗濯してもらって、日替わりでしていった。

すてきなマスクライフ。かわいいってほめられ、おまけになんだからくちん。なぜだろう。


やがて、その理由に気がついた。笑顔しなくていいからだ。笑顔トレーニングも、このごろはさぼっている。

〈笑里スマイル〉は、しばらくお休み。そう決めたら、もっとらくになった。

そんなふうに四月、五月と過ぎて、六月初めの日曜日。

「パパ、新しいマスク、買ってぇ」

「もういいだろ。スギ花粉もヒノキ花粉も終わったぞ」

「ううん、まだまだほしい」

「パパのお小遣いがもたないよ」

「おねがーい」

ママが割りこんだ。

「なんで、まだマスクがほしいの」

「かわいいもん。それに、らくちん」

「らくって、なにが」

「かんたんに『カワイイ女の子』になれるの。笑顔もいらないんだよ」

両親は顔を見あわせた。

そして、ママが発令した。

「パパ、もうマスク買ってこないで。笑里は今日からマスク禁止」

ママのいじわる！　パパ、お願い！　マスクしなきゃ学校行けない！

めいっぱい抵抗したけれど、だめだった。学校行かないなら、元「校長先生」に家庭教師をたのむわよって。おばあちゃんのことだ。

翌朝、マスクのひきだしはからっぽになっていた。学校へ行きたくないけれど、おばあちゃんの長い説教ときびしい授業もいやだ。

ひさしぶりに、マスクなしで歩く通学路。鼻の頭に陽がそそぐ。ほおに風があたる。はだかで歩いているような、たよりなさ、はずかしさ。

クラスメイトに顔を見られたくない。なんて、無理に決まっている。校門前で、仲良しグループのサッチンとターコに、行き会った。

笑里がぎくりと足を止めたら、相手も立ち止まり、きょとんとした。一拍おいてから、サッチンが、あはは、と笑った。

「なんや、エリかぁ」

ターコも、キャハッと声をあげる。

「いつもと、顔がちがってるぅ」

笑里も、「てへっ」と調子をあわそうとした。〈笑里スマイル〉再開だ。

なのに、顔がこわばった。え？　遅れて、ひとつの思いが胸にわきあがる。

（そんなに笑わなくてもいいじゃない）

だめだよ、ここは笑顔でボケなきゃ。

でも、顔がいうことをきかない。ほおがけいれんする。うわ、やばい。あわてて、顔の下半分を両手でおおう。マスクのかわりだ。

サッチンが、顔をしかめる。

「なにしとん」

ターコも笑いを消して、半歩、笑里からはなれた。

まずい。

笑里は顔に両手をあてたまま、

「くしゃみが出そうで出なくて、ひくひくしちゃう。やっぱ、マスクいるかも。保健室でもらってこよーっと」

早口でいい終えるなり、ふたりに背を向け、かけだした。

保健室の前で、くつのままだったことに気づいた。うわばきに、はきかえてこなきゃ。

だけど、くつばこで、サッチンやターコに会いそうだ。今ごろ、笑里のうわさをしているかもしれない。

じつはちょっと苦手なんだ、サッチンのこと。はじめて同じクラスになったんだけど、まったく遠慮がなくて、押しが強い。みんながおもしろがる関西弁も、笑里には、きつく感じる。

からり。保健室の戸が開いた。

「おいでなさいまし。五年二組、山本笑里さん。おくつは、そこに脱げばよろしくてよ」

低く心地よい声にほっとして、中へ入った。

養護の妖乃先生以外、だれもいない。なのに、にぎやかに感じるのは、窓辺に茂る葉っぱのせい。明るい緑と深い緑がまじりあい、朝の陽につやつや光っている。

顔をおおっていた手をはずして、深呼吸してみる。ああ、緑の匂い。

先生が首をかしげて、笑里を見つめている。小麦色の肌に、彫りが深くてエキゾチックな顔立ち。いいなぁ。濃い眉と二重まぶたの大きな目はちょっと迫力ありすぎだけど。くちびるはぽっちゃり、鼻もどちらかといえばだんご…あれれ、ひとつひとつのパーツは美人の条件からはずれているかも？　なのに美人だ。笑顔がなくても、もちろんマスクも……そうだ、マスクをもらいにきたんだった。

「先生、マスクください。大きいやつ」

またほおがけいれんするかもしれない。かくさなきゃ。

……ううん、もう遅い。今ごろきっと、教室でうわさされている。聞こえるようだ。

――エリってマスクなしだとへんな顔。

――むしろ、こわかったわー。

「これで、よろしくて？」

先生が、使い捨てマスクを差しだしていた。

笑里は首を横にふる。

「あたしを、すっぽりかくしてくれるやつがほしい」

そんなのが、あればいいのに。

「あら、すてきなアイデアですこと。まじない糸もあることですし、おつくりいたしましょう」

え？

先生の顔が近づく。口角がにゅっとあがる。

「ぼっこちゃんに教わった、姿かくしのまじないを、マスクに縫いこんでみますわ」

「ぼっこちゃん？」

「ざしきぼっこちゃんですわ。ざしきわらしともよばれますわね」

ええと、子どもの姿をした、家の守り神だったか妖怪だったか。でも、なんで？

「わたくし、ぼっこちゃんと仲良しでしたの。もう昔のことですけれど」

話についていけない。そういえば、新任のあいさつも風変わりだった。「奇野妖乃と申します。妖乃先生とよんでくださいまし」、それだけだったもん。

「笑里さんのおかげで、妖乃アイテムがまたひとつ増えますことよ。腕がなりますわ。さぁ、ゆっくりお話を聞かせてくださいまし」

笑里の背からランドセルをおろし、窓辺のプランターに声をかけた。

「結界を張ってくださいましな」

ざわわ。葉がさざめき、ツルがするると伸びた。枝分かれし葉を茂らし、壁へ天井へとずんずんはい広がっていく。うそ、なにこれ、あ、葉陰に白いものが動いた……ニワトリ？　すぐにかくれてしまった。天井も床も壁も窓も戸口も、緑でおおわれる。むわんと立ちのぼる草の匂いと熱気。

気づいたら、笑里はベッドに足を伸ばしてすわっていた。ベッドわきのいすで、妖乃先生が針に糸を通している。くもの糸みたいに細くたよりない。

「底なし沼のミズグモさんに分けてもらった糸ですの。なかなかの霊力でしてよ。さ、話してくださいまし。姿かくしのマスクを求めるわけを。その想いを糸に集めましょう」

なにから話せば……。

「思いつくままに。時間は、たっぷりありますわ」

たくさん話した気がする。ほとんど言葉にできなかった気もする。よくわからない。

妖乃先生は、宙に針をおどらせる。ビーズを通すようなしぐさだ。そのたびに、糸がほんのり光る。

「本来なら、マスクも種から育てたいところですけれど」

「マスクの種？」

「綿の種ですわ。綿の花を咲かせ、綿の実から糸をつむいで、その糸を織ってガーゼをつくり、そのガーゼをマスクにいたします。秋までお待ちいただけるのならば」

「無理、今すぐほしい」

「そのようですわね、残念ですけれど、今回はこれでやってみましょう」

先生は使い捨てマスクを手にとった。

「ただし、使い捨てとしてつくられたものですから、長くはもちませんことよ。ただでさえ、人の息を吸うものは変化しやすうございます。糸の霊力に飲みこまれ、正気を失うやもしれません。一週間後には、お返しくださいまし」

へんげ？　しょうきをうしなう？　なにそれ。

「お返し、くださいましね」

わけがわからないけれど、強く念を押されてうなずいた。

先生は糸をマスクに縫いこんでいく。縫われると糸は見えなくなった。

「一週間使ったマスクには、さぞかし想いもたまりましょう。それをしぼって、形をあたえてやりましょう。どんな形がよろしいかしら。うふ、コレクション二つめ……あら、これはひとりごと、お気になさらないで」

一週間先のことなんて、どうでもいい。今日が問題なんだから。

「できあがりましたわ」

ざわわ。部屋をおおっていた緑が動く。葉がちぢんで消える。ツルもするすると短くなって、窓辺にもどっていく。笑里が保健室に入ってきたときと同じ状態にもどった。日差しとともに、風がふきこんだ。

「つけてごらんなさいまし」

先生が差しだすそれは、ふつうの使い捨てマスクと変わらない。ううん、目をこらせば、ごくかすかな光が散っている。

受けとり、どきどきしながらゴムを耳にかけた。目から下が、すっぽりおおわれる。

それだけだ、なんてことない。

と思ったら、先生が声をあげた。

「まぁ、笑里さん、消えましてよ、うふ、我ながら完ぺきな仕上がりですわ」

目を宙にさまよわせ、拍手までしている。

「あたし、消えてるの？　ほんとに？」

先生の視線が、すっと、笑里をとらえた。

「声を聞かれた相手には、まじないが解けますの。姿を見られてしまいますから、お気をつけあそばせ」

チャイムが鳴った。

今、何時間目だろう。

「朝一番の予鈴ですわ」

そんなはずない。

「笑里さんが保健室に入ってから、まだ十分ほどですのよ」

うそ、だって――あれれ、ここへ来てからのことが、うまく思い出せない。何日も前のような、ついさっきのような。

「遅刻がいやなら、教室へお急ぎなさいまし。だいじょうぶ、姿が見えなくても、出席になりますわ。見えないけれどいる、いるのに見えない。それが、ざしきぼっこのおまじない」

ぽわんとしながら、ランドセルを背負う。保健室の戸を開けた。もちろん、マスクをかけたまま。耳もとで、妖乃先生がささやいた。

「声をお出しになりませんように」

うなずき、くつをはいた。

くつばこのある玄関ロビーに、教頭先生がいた。あいさつしそうになって、あわててマスクごしに口を押さえる。教頭先生は、笑里をちらりとも見ず、行ってしまった。見えてないから、だよね？

あ、始まりのチャイムだ。急ごう。笑里は教室に向かって走る。廊下の先を担任の先生が歩いていた。追いぬいてから、ふり返ってみた。先生の視線は笑里の頭の上を通りこし、まっすぐ教室へ向いている。

ほんとに、見えてないんだ！

先生と並んで教室に入り、自分の席についた。だれも、なにもいわない。気にもとめてない。

先生が、教室を見渡す。視線が笑里に近づき、つるっとすべって過ぎた。

「よし、全員出席だな」

やった！　すごいマスクを手に入れた。

一日中、そんなふうだった。姿は見えなくても、欠席にはならない。そして、一度も指名されなかった。国語の本読みも、算数の問題を解かされることもなし。先生の視線は、毎回つるっとすべって宙をただよった。

笑いがこみあげてきて、声を出さないようにするのが大変だった。

給食の時間になった。いつものように、班で机をくっつけあい、おぼんを持って並び、当番によそってもらう。前に並んだ子も後ろの子も当番さんも、こっちを向くと視線が宙をただよう。先生と同じ。でも差しだした食器には、ごはんもカレーも、ちやんとよそってもらえた。

席につき、いつものようにマスクをはずし、いただきますと手をあわせ……う、うわぁ、習慣で、マスクをはずしちゃったぁ。

とっさに肩をすぼめ、うつむいた。スプーンと食器のふれあう音、先生ののんびりした声、なごやかなざわめきが聞こえる。

そっと顔をあげてみた。みんな、せっせと、カレーを口に運んでいる。突然あらわれた笑里に、だれもおどろいていない。

向かいにすわっている土谷くんを見た。

「なんだよ？」

笑里は、だまって首を横にふる。

「へんなやつ」

それだけで、土谷くんは食事にもどった。

突然、とは感じていないようだ。見えなくてもいる、ってこういうことなのか。

サッチンやターコは、どんな顔をして笑里を見るだろう。ふりむいてみようか。だめだ、また顔がこわばりそう。

うつむき、急いで食べた。食べ終わるなり、マスクをかけた。

土谷くんがふと顔をあげたものの、その視線が笑里をとらえることはなく、まばたきひとつして、カレーライスにもどった。

午後も、声を出さないよう気をつけて過ごした。問題なし。

そして下校。家の玄関前でマスクをはずし、ランドセルのポケットにしまった。家でしゃべれないのは不便だし、ママは妙にカンがいいから気をつけなきゃ。

マスクライフを取りもどした。家を出てマスクをつける。あとは教室でぼんやりしていればいい。

昼休みに、仲良しグループの会話が聞こえるところまで、近寄った。アイドルの話、ペットの話、塾のかっこいい先生のうわさ……笑里の名前は一度も出なかった。

午後の授業は、机にうつぶせ、寝て過ごした。超らくちん。授業中にあてられる心配はないし、友だちにあわせて笑ったり、話題をさがす必要もない。ただ、一日が長かった。

三日め、とろとろ午前が流れて、やっと給食の時間。マスクをはずしたものの、食欲がない。土谷くんをぼぉっと見ていたら、だいぶたってから、目があった。土谷くんは、こいつだれだっけ？　って顔をした。

「あ、山本だ。おまえ、このごろ影うすくね？」

自分でもそんな気がする。給食を半分残して、マスクをかけた。

土日は外に出ず、家で過ごした。夜の寝つきが悪くなった。

月曜日からは再びのマスクライフ、つまらなくて長い一日だった。夜、眠れなくてトイレに行こうとしたら、ママとパパの会話が聞こえてきた。

「あの子、このごろ無表情でしょ。心配で担任に電話したの。そしたら『まったく目立たない子です』って」

「なんだよ、それ」

ママの声もパパの声も、怒っていた。

翌朝、洗面所の鏡で自分を見つめた。かわいくない。笑顔トレーニングもずっとさぼっている。いいの、どうせ、だれにも顔を見せないんだし。

その日の昼休み。給食はパスした。おなかがすかないし、おぼんを持って並ぶのもめんどう。マスクをしたままぼんやりしていたら、サッチンの声がした。

「缶バッジ、ちょうど五個、もらってん。そやから、ひとつずつ」

五個。笑里の分もあるんだ。ひさしぶりに胸がおどる。

「あれ？　なんで、ひとつ余るねん。ターコ、ノリッペ、チカ、うち……うちら四人やったっけ」

「え、五人グループだよ」

ターコが、指折り数えなおす。

「サッチン、チカ、ノリッペ、あたし……」

そして、笑里。

「四人じゃん」

笑里を入れて五人！

「あたしも、五人だと思いこんでた」

「全員でかんちがいしてたんだぁ」

ノリッペとチカまでそんなことをいって、けらけらと笑いあう。

笑里を忘れちゃった？　指先でマスクをなぞる。心と体がすぅと冷えた。ざしきぼっこになってしまったのかも。まさか。マスクをはずせばだいじょうぶ。けど、顔を出すのはこわい。だけどこのままじゃ……。

よし、放課後、ほんの少しだけマスクをはずそう。サッチンたちに、バイバイって笑顔でいおう。そしたらきっと思い出してもらえる。

笑顔、うまくできるだろうか。

午後の授業はそっちのけで、笑顔トレーニングを始めた。もちろんマスクはかけたまま、声を出さずに、（う、ひ）と口を動かす。顔がこわばっている。（うひ、うひ）、うまく笑顔になれるかな。（うひ、うひ、うひひ）、サッチンたち、思い出してくれるかな。

止めると不安がむくむく広がって苦しくなるから、何度もくり返す。

そしたら、

――う、ひ

ささやきが聞こえた。笑里は声を出していない。だれ？　あわてて、あたりを見渡す。だれも、こっちを見ていない。気のせいかな。もう一度、口もとを動かしてみる。

――う、ひ

また、聞こえた。マスクがくすぐったい。

どきん。

妖乃先生との約束を忘れていた。今日って、マスクをもらって何日目だっけ。五日？　六日？　一週間過ぎた？　だけど、へんげ、なんてあるわけないよね。

そのとき、終わりのチャイムが鳴った。教室がざわめく。いつもの学校だ。笑里は、ほっと息をつく。さっきのは、きっと幻聴ってやつ、緊張しすぎたせいだ。

サッチンたちが教室を出ていく。笑里もあわててついていく。どきどきしてきた。だいじょうぶだいじょうぶ。

玄関ロビーまで来た。サッチンたちがくつにはきかえたら、マスクをはずそう。よびとめて、バイバイっていって、保健室に用事があるからって走り去ろう。

よし、今だ。

はずそうとしたら、マスクが笑里（えり）のほおにキュィと吸（す）いついた。

まさか。

指先に力をこめる。マスクも強くはりつく。

うそっ。

体がすくんだ、胸（むね）がドコンドコン、おかしな打ち方をする。足の力がぬけていく。

へたりこみそう。

――う、ひ
ほおが、はりついたマスクに引っぱられて、動く。

――う、ひ
〈笑里（えり）スマイル〉の形に……ちょっと、待って。〈笑里（えり）スマイル〉は、笑里（えり）の努力（どりょく）の結晶（けっしょう）だよ。それをまねるなんて。

――う、ひ
バカにしてる？　それとも盗（ぬす）むつもり？

どっちも、許（ゆる）さない。

おなかが熱くなった。怒りだ。足に力がもどる。ふんばって、両手でマスクを引っぱる。

けれど、はがそうとすればするほど、マスクはますます強くはりつく。笑里を、ざしきぼっこにする気だ。

負けるもんか。

笑里はサッチンたちの背中をさがす。校舎を出ていくところだ。マスクをはずせなくても、気づいてもらう方法はある。

笑里はさけんだ。

「待って」

声がかすれる。でも、近くの何人かがこちらを見た。マスクがピクリとふるえる。

ぼっこのまじないは、声を聞かれたら消えるんだよね。

笑里は、校舎の出入り口まで走る。そして、いちばん顔をかくしたかった相手の名を、よんだ。

「サッチン！」

今度は大きな声が出た。

サッチンがふり返る。

「……エリ？」

やった。

チッ、とマスクが舌打ちする。そのはずみでわずかに顔から浮いた。笑里はマスクをむしりとり、投げ捨てる。ほおに風が流れる。

マスクは風にのって、くるり、こちらを向いた。はりついていたときの形のまま——笑里そっくりのフェイスラインを保って。その中央に、くちびるがあった。口角が、左右対称につりあがる……。

——うひ、うひ、うひひぃ。

笑いながら、空へくるくる昇っていった。

泣きじゃくる笑里を、保健室に連れてきてくれたのは、サッチンたちだ。そのあと、塾のある三人が帰り、今、サッチンと笑里は妖乃先生のいれてくれたハーブティーを飲んでいる。

泣くだけ泣いた笑里のなかへ、ハーブのいきいきとしたさわやかさが広がる。ようやく言葉を出せた。

「先生、マスク返せなくてごめんなさい」

「ふつう返さへんやろ、そんなん」

と、サッチン。

先生は、お茶をふぅとふく。きっとため息をごまかしたんだ。だって、とっても残念そうだもん。

「笑里さんのせいではございませんわ、返却期限は明日ですもの。わたくしがマスクの器量をよみそこないましてよ」

「うわ、返却期限あるんや。そんで、エリはマスクを返せへんから、泣いたん？」

「ううん。マスクがあたしの笑顔をまねしたの。それが……ぜんぜんかわいくなかった」

ショック。超ショック。笑里スマイルがあんなのだったなんて。ああ、もう立ちなおれない。

「形はまねても、マスクには笑顔の本質が理解できなかったからでございましょう」

「なんやのん、その会話」

サッチンが、お茶をふき出しそうになっている。笑里は先生の言葉にどきりとする。

そんなこと、考えたこともなかった。

「笑顔の本質って、なに？」

「相手への好意、ですかしら。あなたが好きですわ、あなたを攻撃するつもりはございませんわ、そういうふうな」

先生は、笑里とサッチンに向かって、とびきりやさしげに、笑いかける。

「あたしは、かわいく見せるために笑顔してたけど。それって、だめ？」

先生より先に、サッチンが答えた。

「それがアカンのやったら、アイドル全滅やろ」

サッチンって、口は悪いけど、友だち思いなのかもしれない。

「あ、そうや、これ、エリの分」

サッチンが、ランドセルのポケットからなにか取りだし、笑里の手にのせた。

缶バッジだ。

笑里の奥底にぽっと小さな花が咲いた。ぽぽぽぽぽぽ、花は次から次へと咲き広がっていく。笑里の内側いっぱいに。

「……ありがとう」

缶バッジをにぎりしめた。

「その笑顔、ええやん」

いわれて、自分が笑っていることに気づく。どんな顔なんだろう。

「そうそう、もうひとつありましたわね、笑顔の本質。内側からあふれ出る喜び、ですかしら」

笑里の内に咲いた花が、へこんでいた心をふっくらよみがえらせる。明るいパワーがわいてくる。

サッチンも笑ってる。いいなぁ、きらきらしてる。

「なんや、エリのが、うつったわぁ」

ってことは、笑里の笑顔も、きっと……。

「あら、もうひとり、おいでになりましてよ」

先生が入り口に顔を向けると同時に、その戸が勢いよく開いた。がらんっ。

「妖乃せんせっ、花菜になにしたのっ」

戸口で息を切らしているのは、ダンスクラブのキャプテンだ。

「おいでなさいまし、六年三組、青山華さん、ごいっしょにお茶をいかが」

キャプテンは妖乃先生をにらむ。

「花菜が、『ダンスなんかどうでもいい』っていった」

「それが、どうかしまして？」

「ありえないっ、絶対、おかしい」

先生は首をかしげている。

「あなたは花菜さんではないのに、どうしてそういいきれますの？」

「いちばんのライバルだから」

笑里はサッチンと顔を見あわせた。だれのことを話しているのか、わかった。ダンスクラブには目立つ先輩がふたりいる。ひとりは目の前にいる人、めちゃくちゃ上手。もうひとりは、すごく楽しそうに踊る小柄な人。

「それなら、ライバルがいなくなって、よかったではありませんの」

「よくないっ、花菜をもとにもどして」

「それは花菜さんが決めることですわ」

キャプテンがぐっとつまる。

しんとしたところへ、サッチンがあっけらかんと口をはさんだ。

「うち、花菜さんいう人のダンス、めっちゃ好き。全身で、ダンス最高、っていうてるやんね」

笑里は小声で相づちをうつ。

「うん、いっしょに踊りたくなっちゃう」

「ありがとっ」

と、キャプテンがさけんだ。

「ふたりの言葉、花菜に伝える！」

くるりと向きを変え、戸を閉めもしないで、走っていってしまった。

そのとたん、

「ケーッ」

白っぽいものが、グリーンカーテンから飛びだした。猛スピードで保健室の床を走ってる。わ、やっぱりニワトリ。ちっちゃいけど。あ、羽ばたいた。棚の上に飛びのろうとしている。とどかず落ちた。また飛びあがる、落ちた。飛びあがる。落ちた。

思わず声が出た。

「がんばれ」

と、ニワトリがびくんっとはねて、こっちを見た。床の上で、羽を広げたまま固まっている。今はじめて、笑里とサッチンの存在に気づいたみたい。

「キョケーッ」

グリーンカーテンの中へ走り去った。

「先生のペットなん？　かっこええ」

「飼(か)ってるの？　ここで」

「ライバルといわれ、燃(も)えあがりましたわ。人の心っておもしろいですわねぇ」

ニワトリのことを聞いたのに、とんちんかんな答えが返ってきた。

三日後、塾(じゅく)で、となりの学区の子から、新しい都市伝説(としでんせつ)を聞いた。「うひうひうひひ」と笑(わら)いながら夜の校舎(こうしゃ)を飛(と)びまわる、マスクの話。

さらに数日後。虫とり網(あみ)をふりまわし、夜な夜なマスクを追いかける「白衣(はくい)の美女」の話が、追加(ついか)された。

二学期

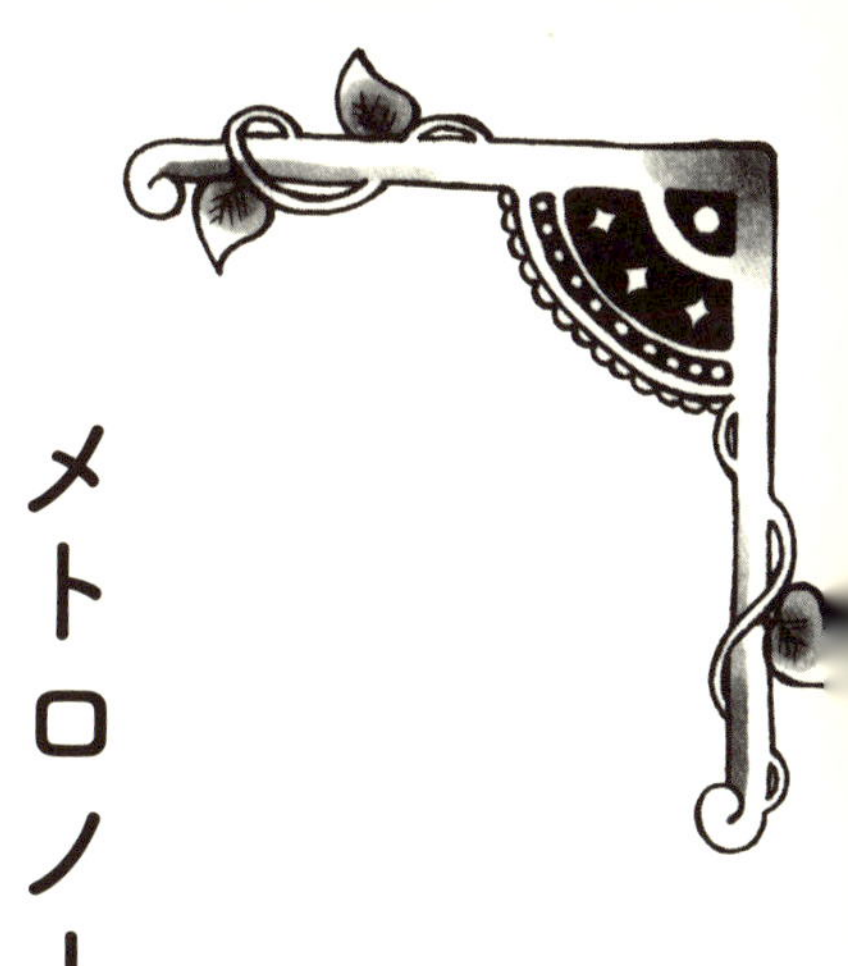

メトロノームの呪い

三年三組　広池草平

始まりは夏休み。兄ちゃんがパソコンで見つけた動画だ。

「草平、メトロノームって知ってるか」

「音楽室にあるやつ？」

「そう、あれ。おもしろいもん見せてやるよ」

パソコン画面の中、台の上に、赤、緑、黄、色とりどりのメトロノームが並んでいる。縦八列横九列、全部で七十二個。

「同期現象の実験だぜ」

中学生の兄ちゃんは、むずかしい言葉を使う。

「なにそれ？」

「説明したって小学三年生にはわかんないさ。だまって見てろ」

なぁんだ、兄ちゃんにもわかってないんだ。

パソコンの中で、台の両側から伸びた手が、メトロノームの振り子をひとつずつ作動させていく。カッチンカッチン、振り子が左へ右へ動きだした。次から次へとカッチンカッチン、タイミングのずれたいくつものカッチンが重なる。

「どしゃぶりの雨の音だね」

兄ちゃんの横顔に話しかけたけど、

「ばーか、ここからだ」

兄ちゃんは、画面から目をはなさない。

ふうん。

マンガのほうがいいや。パソコンからはなれかけた草平を、雨とは思えない音が引きとめた。

ガガッチガッチチ。

ずれていたはずのリズムが、ひとつにまとまっていく。

ガッチンガッチン。

振り子が、左、右、左、右と、タイミングをあわせていく。

「すげーだろ、全部、そろってくんだ」

「でもいくつか、ずれてるよ。ほらあそこ、こっちも」

と、数えているうちに、まわりに飲みこまれるように、いつのまにか、ガッチンガッチン、みな同じタイミング、同じ動き。

ガッチンガッチン、音が大きくなる。

あ、ひとつだけ、同じリズムだけど、反対方向に動いている振り子があった。

飲みこまれないで。そのまま、そのまま……息をひそめて見つめる。

急に、その振り子の動きがにぶくなった。重い空気に押さえつけられたみたいに。

あ、あ、あ、まわりと同じ方向にふり始めた。

すぐに、どれが最後のひとつだったのかも、わからなくなった。

たくさんのメトロノームが、動きをそろえる。左、右、左、右。音もそろう。

ガッチンガッチン。

大きく大きく、ひびきわたる。

ガッチンガッチン。

せまってくる。

ガッチンガッチン。

空気がふるえる。

ガッチンガッチン。

草平を取りかこむ。

ガッチンガッチン。

もう逃げられない！

ぞぞ。頭のてっぺん、つむじあたりの髪が、逆立った。

「わかったか草平、これが同期現象だ。なんだおまえ、泣きそうな顔して」

兄ちゃんの声にまばたきしたら、メトロノームの大音響が、パソコンの中へもどった。

兄ちゃんが、にやりと笑う。

「草平、〈メトロノームの呪い〉にかかったな。コワガリだけがかかるらしいぜ」

草平は、声をしぼり出した。

「マ、ママーッ」

兄ちゃんはママにしかられ、パソコンを消した。翌朝には草平も、そんな動画のことを忘れた。

そして、二学期。
運動会の練習が始まった。
ざっくざっく、左、右、左、右、ざっくざっく。
徒競走や綱引きを楽しみにしていたのに、行進の練習だ。ああ、つまんない。
先生が声を張りあげている。
「前向いて、足あげて、腕ふって。もう三年生なんだから、そろって行進できないと
はずかしいよー」
そろって？　メトロノームみたいに？　思い出したとたん、つむじのあたりがぞぞ
ぞっと逆立った。
そうしたら、聞こえてきた。
ガッチンガッチン。
行進の足音にまじって後ろのほうから。
ガッチンガッチン。

それは、だんだん、近づいてくる。

ガッチンガッチン。

前方からも、聞こえる。

ガッチンガッチン。

行進の足音が変わっていく。後ろも前もとなりも。

ガッチンガッチン。

運動場に、ひびきわたる。

ガッチンガッチン、左、右、左、右、ガッチンガッチン。

足がもつれた。ひざをつく。列の後ろの子が、背中にぶつかる。先生が行進止まれの笛をふいた。

行進をやりなおしても、草平はまたすぐに転んだ。足音が、ガッチンガッチン、とひびく。胸がドキドキと苦しい。冷たい汗が流れる。足がもつれる。

きっと、メトロノームの呪いのせいだ。

ひざのすり傷は少し血がにじんでいるだけ。でも青い顔してるから保健室に行きなさいって先生がいった。保健係のナナちゃんが、つきそってくれる。

かっこ悪い。徒競走なら、かっこいいところを見せることができたのに。けど、ナナちゃんに手当てしてもらえるのは、ちょっとうれしいかも。

「妖乃先生、けが人でーす。じゃね、草平くん」

ナナちゃんは、保健室の戸を開けただけで、運動場へかけもどっていった。あーぁ。後ろ姿を見送っていたら、ひざに温かい風を感じた。

「おいでなさいまし。三年三組、広池草平くん。傷口が砂だらけでしてよ」

養護の先生がしゃがんで、草平のひざをのぞきこんでいた。

保健室の洗い場で、ひざ小僧を洗われた。水道の蛇口をいっぱいに開き、勢いよく水をかけながら、ガーゼでこすって砂粒をとる。転んだときより痛いっ。思わず逃げようとしたけれど、ももを押さえられて、動けなかった。

砂が洗い流されたときには、血も止まっていた。かわりに目に涙がにじみそう。ナナちゃんがいなくてよかった。

先生はベッドに草平をすわらせた。

クスクスと笑い声みたいにざわめいているのは、うわさのグリーンカーテン。「カッコイイモン」がかくれてるんだって。ほんとかなぁ。

以前あった布地のカーテンは取りはずされ、カーテンレールにはツルがびっしりまきついている。窓一面に葉が茂り、差しこむ陽も緑に染まっている。すーっと青空へ広がっていくような匂いがする。

「けがの手当ては、すみましたわ。さぁ、聞かせてくださいましな」

「へ？」

「話したいことが、おありでしょう？」

そう低くささやかれ、ぽろりと口に出していた。

「ぼく、〈メトロノームの呪い〉にかかってるんだ」

笑われるかなと思った。でも先生は身を乗りだし、草平の目をのぞきこんできた。

「まぁ、はじめて聞く呪いですわ。どうやってかかりましたの？」

「兄ちゃんが、パソコンで……メトロノームがいっぱい並んでる実験で……」

つっかえつっかえ、動画の説明をした。

「兄ちゃんはおもしろいじゃんって。だけど、ぼくはこわかった」

兄ちゃんがいってたっけ。コワガリがかかる呪いだって。だったら、

「コワガリを治せたら、呪いも消えるかも。先生、そういうお薬、ない？」

「治すなんて、とんでもないですわ。それより、その動画とやらをわたくしも見てみましょう、もしかしたら……うふ。草平くん、明日、またおいでなさいまし」


翌朝、教室より先に保健室へ向かった。

「おいでなさいまし、草平くん、うふふ」

妖乃先生が満面の笑みでむかえてくれる。

「先生、動画、見た？」

「ええ、こわかったですわ、うふふ」

どうして、うれしそうに笑うんだろう。

「あれには、触角を目覚めさせる力がございましてよ」

「しょっかく？」

「ええ、目には見えませんけれど、わたくしの場合はこのへんに。ずっと昔、幼いころから」

先生は自分のひたい、髪の生えぎわをなでてほほえむ。

「いつも、曾祖母がほめてくれたものですわ。おまえの触角は繊細だって」

触角って、アリやカミキリムシの頭についている、細いひげみたいなやつだよね。カタツムリのツノ、とか。草平は自分の頭を両手でなでまわす。だいじょうぶ、変なものは生えていない。

先生は楽しげに、思い出話をしている。

「曾祖母は薬草をさがす名人で、山でも谷でも洞窟でもふみこむ、こわいもの知らず。わたくし、子どものころに弟子入りして、どこへゆくにもついてゆきました。けれどたまに、とつぜん触角がふるえますの、『こわい』と。そういうときは足をとめ、耳をすまし目を見開き、風の匂いや足裏に伝わるひびきをたしかめます。すると、目の前の草むらを毒蛇が横切ったり、足もとの氷の湖面がひび割れる音が聞こえたり、『こわい』の正体があらわれたものですわ」

それから、草平の頭に、ふぅっと息をふきかけた。

草平のつむじから背中にかけて、なにかがぞわわと走りぬけた。

「うふ、思ったとおりですわ」

まさか。あわてて、頭を手ではらう。

「い、いらないよ、触角なんて」

「まぁ、なぜですの？」

「もっとコワガリになりそうだもん」

「すてきですこと」

「やだよ、ぬいちゃって」

「まっ、そんなおそろしいことできませんわ」

草平は泣きたくなる。

「でも、触角とのつきあい方なら、教えてさしあげられますことよ。認めてやらないから、こわさに飲みこまれるのですわ」

「……どうすればいいわけ？」

「まずは、触角のもとになった出来事を知ることですわね」

「あの動画だってば」

「いいえ、あれは、目覚めの力をあたえただけ。草平くんがメトロノームの向こうに見たものこそが……」

黒々としたひとみが、草平の目をのぞきこんでくる。

「なにを見ましたの？」

「そ、そんなの、わかんないよ。先生も見たんでしょ、教えてよ」

「人の触角は、それぞれ異なりますわ。なにをきっかけに生まれ、なににふるえるのか、それがわからないうちは、こわさにふりまわされましてよ。うふふ、ずっと」

手のひらが汗ばんで気持ち悪い。草平は両手をズボンにこすりつけながら、先生を上目づかいに見る。

「保健室の先生なんだから、どうにかしてよ」

「うふ、いいものがございましてよ」

先生が差しだしたのは、からっぽのカプセル。ガチャガチャと同じくらいの大きさだ。

「妖乃(あやの)特製(とくせい)『おともカプセル』ですわ」

手にとってみた。プラスチックでもゴムでもない、微妙(びみょう)なやわらかさ。

「心太(ところてん)配合ですの。ひとりで立ち向かえないときの、心強いアイテムでしてよ」

にぎってみる。ぷるぷるぐにぐにするだけ、ぜんぜん心強くならない。

先生は人差(ひとさ)し指(ゆび)を下くちびるにあて、

「お伴(とも)をだれにたのみましょうか」

首をかたむけたもののすぐに笑顔(えがお)になり、

「草平(そうへい)くんの名前には草がありますから、あのコたちの力を借(か)りられますわ」

窓辺(まどべ)のグリーンカーテンを指さした。

「『おともともおたのみもうす』と、となえながら、グリーンカーテンをなでてごらんなさいまし」

「カッコイイモン、出てくる?」

「なんですの、それ」

やっぱり、ただのうわさみたい。

そのとき、葉がクスクスゆれた。すーっと気持ちよい匂いが、広がる。おいでってよばれたような気がした。

窓辺に歩みより、

「おともともとも、おたのみもうす」

腕を伸ばして、葉っぱのカーテンをなでた。ぷっくりした手のひらみたいな葉が、連なり重なりあっている。明るい緑のもあれば深緑のもある。葉裏のうぶげが白く光る。

「おともともとも、おたのみもうす」

若葉色の小さな葉が一枚、草平の薬指にまきついた。そのまま手を引いたら、葉は茎からはなれ、指についてきた。

「その葉に息を三度ふきかけてから、カプセルにお入れなさいまし」

カプセルは上下をひねれば開いた。ガチャガチャのと同じ要領だ。

「おともともとも、と念じながらカプセルを閉じたら、落とさないよ

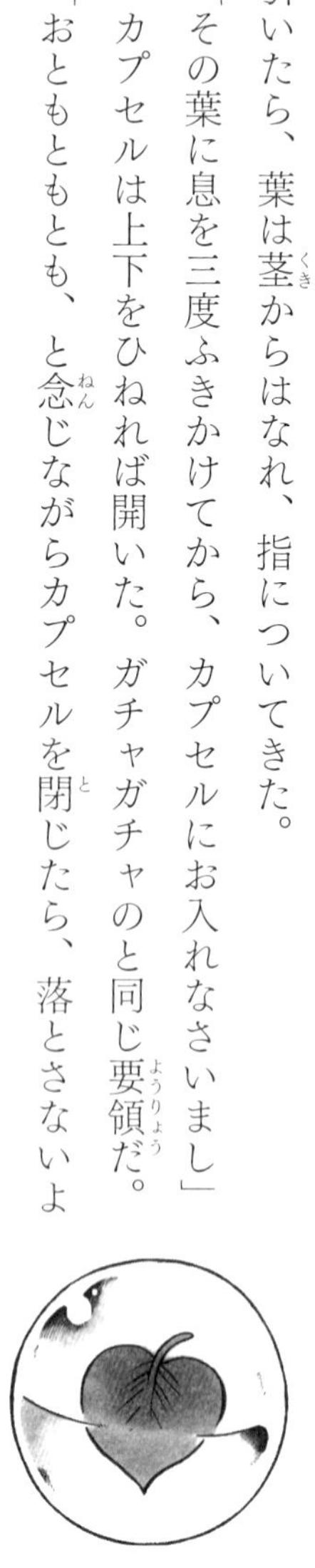

うにしっかりお持ちになって。さ、こちらへ」

左手ににぎって、先生のあとを追う。ベッドを囲むカーテンの前で、立ち止まる。

「カーテンをお開けになって」

開けた。

ひっ。

ベッドがない。かわりに、あの動画そっくりの仕掛けがあった。天井からつるされた木の板。その上にズラリと並んだメトロノーム！　動いていないことだけが救いだ。

「動かしてくださいまし」

ええっ？

「あの動画と同じように、すべての振り子を動かし、その向こうにあるものをしっかり見ておいでなさいまし」

「ぼ、ぼくが？　せ、先生もいっしょにやってくれるんだよね」

「わたくしは、ここまで。終わったら、お茶をごいっしょいたしましょう」

先生はほほえみながら、カーテンを外から閉めてしまった。

カーテンの内側にはぼくと……。おそるおそる、ふり返る。板の上に、縦に八列横に九列全部で七十二個の敵。赤、緑、黄、色とりどりの四角い体、どれも中心に銀色の剣をもっている。

やだやだ、絶対やだ。身をひる返し逃げようとした草平の左手を、だれかがぐいと引っぱった。

男の子、だった。五歳くらいだろうか。いつのまにか、草平と手をつないでそこにいる。どこかで会ったことのあるような。そんなはずない、緑色の髪と緑色のひとみなんて、はじめてだ。

男の子が草平を見あげ、手を引っぱる。メトロノームが並ぶ台のほうへ。

つないだ手が温かい。

ひとつぐらい、動かせるかも。やってみよう。

右手を伸ばす。動画と同じように、右奥、はしっこのメトロノームからだ。指先を

振り子にあてる。ちょん。それだけで振り子は動きだした。

カッ、カッチカッチ。

やった。男の子が笑顔で草平を見あげる。よぉし、もうひとつ。

カッチカッチ。

なんだ、かんたんじゃん。草平は、男の子と手をつないだまま、次から次へと振り子を動かしていく。

全部、動かした。男の子と目をあわせ、にっと笑いあう。

振り子は、てんでバラバラ、それぞれのタイミングで動いている。どしゃぶりみたいな不規則な音だ。

そして、メトロノームはメトロノームにしか見えない。この向こうになにが見えるっていうんだろう。

ガッチチ、ガッチンガッチン。

音が、ひとつにまとまりだした。

つむじがチリチリしびれる。後ずさりしようとして、ひざがふるえていることに気づいた。

左手をぎゅっとつかまれた。その温(ぬく)もりにすがりつくように、草平(そうへい)もにぎり返す。

ガッチンガッチン。

見ちゃだめ、そう思いながら、さがしてしまう。まわりにあわせていない振(ふ)り子(こ)を。

最後(さいご)のひとつを。

見つけてしまった。

息をつめて、心の中でつぶやく。

負けないで。

やっぱりだめだ。空気が重くなる。もうだめ。逃(に)げようとした。けれど、手をつないでいる男の子が足をふんばって、首を横にふる。緑の髪(かみ)が左右におどり、草の匂(にお)いが立ちのぼる。

男の子は両手で、草平(そうへい)の左手をつかんだ。ものすごい力で、草平(そうへい)を引っぱっていく。

メトロノームのほうへ。

ガッチンガッチン、音がふくれあがる。その音に飲みこまれそうになったとき、小さく別の音がした。

きぃ、がっちん。

なつかしい。どこかで、毎日のように聞いていた音。そうだ、門が開いて、閉まる音だ。

きぃ、がっちん。

目の前に、保育園の門があった。男の子といっしょに、つないだ左手で押して開ける。きぃ。門を通りぬける瞬間に、男の子と草平は重なり、ひとつになる。ひとりの男の子になった。がっちん。後ろで、門が閉まった。その日、おしょくじルームのいすが、きれいにぬりなおされていた。青色のいすと、もも色……モモの肉球と同じ色のいす！　ネコジャラシに前足ひろげて飛びかかってくる、ばあちゃんちの子ねこを思い浮かべ、もも色のいすにすわる。なんだか、楽しくなる。

女の子の声がした。

「あたしのすわるとこがない」

いすはひとつ残っている。青色のが。だけど女の子は立ったまま部屋を見渡し、さけんだ。

「草平くんが、もも色にすわってる！　男の子のくせに！」

草平はびっくりしながらも、青色のいすを指さして教えてあげる。空いているよ。

けれど女の子は立ったまま泣きだした。

「男の子のくせに、もも色、とったぁ」

ほかの子も、口々にいいだした。

「女の子の色だよね」

「男の子がもも色なんて、へん」

みんなが口をそろえる。

「もも色は、女の子の色！」

「草平、へーん！」

草平はあわてて、青色のいすにうつった。

青いいすにすわって、こぼれそうになる涙を卵焼きといっしょに、飲みこんだ。こ

お
く
ル
しょ
じ

みあげるもやもやも、お茶で、流しこんだ。

もも色のいすにすわってうれしかった自分を、ぎゅうっと、つぶした。

頭のてっぺんが、シクンシクンと痛んだ。


ガッチンガッチン。

目の前にメトロノームが並んでいる。振り子がそろって動いている。

草平ひとりだ。男の子はいない。だけど、左手が温かい。草の匂いが立ちのぼる。

手を開いたら、緑に輝く玉があった。

草平は息を吐く。青色のいすの上で飲みこんだもやもやも、吐きだした。

「どうして」

どうして、草平がもも色のいすにすわっちゃいけないんだろう。どうして、男の子がもも色を好きだったら「へん」なのだろう。

ガッチンガッチン、最後のひとつはどれだった？

苦しかっただろうな。わけもわからず、〈みんな〉に飲みこまれて。

くやしかっただろうな。「どうして」ということもできずに、〈みんな〉にあわせた自分が。

草平は、メトロノームたちにたずねる。

「どうして、そろっちゃったの」

……あれ？

問いかけたら、見えてきた。メトロノームをのせた木の板もいっしょにゆれている。もしかしたら、動きがそろうのはこの板のせい？　わ、すごいことに、気づいちゃったかも。

つむじのあたりが、むずん、とした。だれかが、そこにいるみたいに。もも色を選んだ草平が、ずっとそこにかくれていたのかもしれない。

先生の机にマグカップが二つ、草平は丸いすにすわっている。

妖乃先生がお茶をいれてくれた。

「ハーブティーですわ」

草平はお茶をひと口すすり、そっと左手を開く。緑の玉は、内側からあわく光っている。

先生がほうっと息を吐き、身を乗りだしてきた。玉をうっとり見つめ、

「それ、わたくしにくださいましな」

草平はあわてて、玉をにぎりなおす。

「大事にコレクションいたしますことよ」

「だ、だめ。この中には、ぼくを助けてくれた男の子がいるんだ」

「もう必要ございませんでしょう？」

草平は、にぎった手を背中にかくす。

「お守りにするの」

「あら、カンのよろしいこと、触角のおかげですわね。ないしょのまま、玉をいただくつもりでしたのに」

「なにをないしょにしたの？」

「役目をはたした『おともカプセル』は、『お守り玉』に昇格いたしますの。あなたがピンチにおちいったとき、その子が、今度は友として出てきてくれますわ」

「ずるいよ、先生、それをいわずに横どりしようとしたね」

先生はすました顔でお茶を飲み、

「ただし、それは、玉を大切にしていればの話。乱暴に扱ったり忘れたりしたときは、もとのカプセルにもどりますの。ですから、そうなる前に、わたくしにくださったほうがよいのではないかしら」

「絶対、ずっと大事にする」

妖乃先生が、うふっと笑う。草平はお茶を飲んでのどをうるおす。質問したいことがあった。

「先生、もも色って女子の色？」

「まぁ、そうですの？　なぜですの？」

聞いているのは、草平なのに。

「もも色のいすと、青色のいす、先生ならどっちにすわる？」

「わたくし、緑色がいいですわ」

「ほかの色のは、ないの」

「ならば、自分で緑色をぬりますことよ」

……そんなのも、あり？

「子どもだから自分ではぬれないとしたら？」

「大人になったら緑色をぬる、って自分に約束いたします」

「大人になるまでおぼえてられると思う？」

「五十年たっても百年たってもおぼえてましてよ、ですから、わたくしはここに」

んん？

先生は途中で言葉を止めた。カップを口に運んでいる。

「先生、何歳なの？」

先生はハーブティーをゆっくり飲んでから、ほほえんだ。

「二十四歳。わたくし、新任の養護教諭でしてよ」

そうだよね、草平（そうへい）のママより若（わか）く見えるもん。

聞きたいことが、もうひとつ、あった。

「行進って、なんで、そろえなきゃいけないの？」

先生は、そっぽを向く。

「知りませんわ」

「先生なんだから、ちゃんと答えてよ」

「運動会も行進も、経験（けいけん）ございませんもの。それにわたくしは――」

その後は、つぶやくようにつけたした。

「自分のペースでしか、歩けませんの」


その日の午後も、運動会の練習だった。また行進だ。

ざっくざっく、左、右、ざっくざっく。

もう、メトロノームの音は聞こえない。かわりに触角（しょっかく）がふるえるのを感じる。頭のつむじのあたりで。

草平は歩きながら考える。どうして、そろえなきゃいけないいんだろう。

先生は今日も声を張りあげる。

「三年生ができないとはずかしいよー」

どうして？　草平は、別にはずかしくないけど。

「左、右、はい、そろえてー」

そろえないと、ぶつかるからかなぁ。

草平は、歩幅や手のふりを、小さくしてみる。自分がいちばん歩きやすい幅だ。それで、前にも後ろにもぶつからないように、歩いてみよう。

先生の声がとんだ。

「ほら、広池くん、足あげて、腕ふって、みんなとそろえて」

名ざしでしかられるのは、はずかしい。触角がちぢこまる。草平は腕と足を大きく動かし、まわりと歩調をあわせる。ざっくざっく、左、右。

ざっくっざっく、草平は左手をにぎる。ランドセルにかくした、お守り玉を思い浮かべる。触角がそろりと伸びる。

ざっくっざっく、心の中でつぶやく。どうして、どうして、どうしてそろえなきゃいけないの。

ざっくざっく、それぞれに、背の高さがちがって、歩幅がちがって、歩くリズムがちがうのに。

ざっくざっく、草平が大股で刻むこのリズムは、だれにあわせているのだろう。

ざっくざっく、それとも、みんな少しずつ無理をしているのかな。そろえるために。

ざっくざっく、みんなが自分のリズムで歩けたらいいのに。ぶつからないように工夫して。

ざっくざっく、触角がふるえる。

ざっくざっく、草平は問いつづける。

ムカツキーナ

四年一組　汐原直帆（しおばらなほ）

転校初日。

直帆は、四年一組の教室で、新しいクラスメイトに囲まれた。

「おうち、こわれたの？」

「お洋服なんかも、全部失くしたの？」

「そんで、おばあちゃんとこに来たの？」

どの質問にも、うなずく。そのとおりだから。

クラスメイトが声をそろえる。

「直帆ちゃん、カワイソー」

そうでもないよ。家族は無事だったし。けれど、そんなこと説明する気にならなくて、またうなずいた。

そしたら、すぅぅ、と落ちた。下りエレベーターに乗ったときの感覚だ。気づいたら穴の底にいた。クラスメイトが穴のふちからのぞいて、やさしい声を落としてくれている。

「あたし、もう着ないお洋服があるから、あげるね」

「あたしも、なんかあげるもの、さがしてみる」

母さんみたいに「ありがとうございます、お気持ちだけいただきます」っていいたかったのに、

「ありがとう」

舌をかみそうになって、省略した。

クラスメイトが、ひそひそ話している。

「カワイソーだよね」

また、穴が深くなった。みんなが立つ場所から直帆のいる穴底、その深さは体二つ分ほど。

知らなかった。〈カワイソー〉って言葉に、こんな力があったなんて。

ばあちゃんにそういわれても、こんなことなかったのにな。

もっとも、そのかわいそうな事情をご近所や婆友にしゃべりまくったのは、ばあちゃんだけれども。

――娘夫婦のとこ、去年の災害でやられて仮設住宅にいてね。あれもこれもがまん

してる孫が、もうかわいそうで。それで、よび寄せたの。おたくの孫娘と同い年、仲良くお願いね――。

まぁ、いいけど。

どうせこの学校にいるのは、少しの間だけ。あの町に残った父さんが、新しい仕事を見つけるまでのしんぼうだ。

いいよ、穴の底のカワイソーナちゃんで。

父さんの仕事が決まった。けれど、慣れるまでもう少し、軌道に乗るまであとちょっと、そうやって待っているうちに、もう十一月。転校してきてから、七か月もたってしまった。

クラスでは、あいかわらずのカワイソーナ。うんざりしながら、あきらめている。ここでは、内気で無口な直帆ちゃん。友だちが聞いたら笑うだろうな。もちろん、もとの学校の。

ばあちゃんが老人会へ出かけ、母さんとふたりきりになれた夜。

「ねえ、早くもどろうよ。三学期からもとの学校へ通いたい」

今まで、もう少しのがまんだから、っていいつづけてきた母さんが、大きく息を吸った。

「……そのことだけどね。卒業まで、ここでお世話になろう」

「なんでっ?」

「来てよかったでしょう? 直帆の部屋だってあるし、服買ってもらってごちそう食べて。直帆ひとりで留守番することもない」

けど、友だちが、いない。

「もどりたい」

「ごめん、まだ、住むところがないの」

「カセツにもどればいい」

あそこでは、だれも、直帆のことをかわいそうだなんていわなかった。

えらかったなぁ。負けんとこな。がんばろな。それは、大人と子どもの区別すらなく、あんたもわたしもお互いに、って意味だった。

母さんは、首を横にふった。

「仮設住宅は、もうないわ」

「……」

ばあちゃんが帰ってくるのを待たず、ふとんにもぐった。おみやげだよって声も、眠ったふりで無視した。ばあちゃんがいっしょにくらそうなんていわなければ、転校しなくてすんだのに。

父さんのうそつき。すぐによびもどしてやるっていったくせに。

この土地に友だちがたくさんいる母さんには、直帆の気持ちはわかりっこない。

ふとんの中で丸まった。

翌朝、目がはれていた。

ばあちゃんが、オロオロしている。母さんは悲しそうな顔で仕事へ行った。

わかってる。母さんも父さんもいっしょうけんめい働いている。ばあちゃんは、直帆のことが大好きで、だから、心配でたまらない。

わかっているけれど、今朝は、ばあちゃんのみそ汁を飲みたくない。パンとベーコンエッグの朝食が恋しい。

「学校、休むかい？」

気づかう声も、おでこにあてられる手も、うっとうしい。

だからランドセルを背負って、外に出た。

「直帆ちゃん、おはよー」

いつものように、ななめ向かいの家から綾香が出てくる。婆友の孫で、転校初日、だれより先に直帆に声をかけ、カワイソーっていったクラスメイトだ。

歩道のある通りに出て、さらにふたりといっしょになる。いつもの登校メンバーがそろったところで、綾香がいった。

「聞いて聞いて。直帆ちゃんね、卒業まで、わたしたちと同じ学校に通うんだって」

ああ、昨夜の老人会で、ばあちゃんがしゃべったな。

「あっちでくらすおうちが、まだ見つからないんだって」

あっち……綾香たちにとっては、境界線の向こう側。綾香の仲間が相づちをうつ。

「カワイソー」

アクセサリーみたいな言葉。口にすればやさしい女の子になれる。
聞き流そう。

「早くおうちが見つかるといいね」

「元気出して」

だめだ、今日は、イライラする。

教室に入るなり、綾香が声を張りあげた。

「みんな、ニュースだよ。直帆ちゃんはもう、前の学校にもどりませーん」

その明るい声に、腹の底がぐわっと煮立った。なにかが弾けて、口から飛びだす。

「ムカツクッ」

綾香が、きょとんとして、こっちを見た。その顔に、くり返す。

「ムカツク」

綾香の顔がゆがむ。朝の教室が静まりかえった。こっちを見つめるクラスのみんなにも、ひとことひとことと、はりつけるようにいってやる。

「ム・カ・ツ・ク」

みるみるとがっていく視線を受けて、気づいた。直帆は今、穴の底から脱出した。

みんなと同じ高さで立っている。

やった。

「直帆ちゃん、どうしちゃったの？」

「ムカツク」

「へんだよ、汐原さん」

「ムカツク」

「ひどい」

「ムカツク」

〈カワイソーナ〉は、〈ムカツキーナ〉に変身した。

その日から、もうだれも、直帆のことをカワイソーといわなくなった。

とげとげした視線が少し痛いけれど、穴の底に落とされて見おろされるよりずっとマシ。

どっちみち、この学校でいいことなんて、期待してないし。

〈ムカツク〉最強。

〈ムカツキーナ〉に敵なし。


――のはずだったのに、一週間後の朝。

母さんがあわただしく出勤していった後、ばあちゃんがみそ汁のわんを手渡しながら、直帆の顔をのぞきこんだ。

「綾香ちゃんに、ゴメンナサイしたかい？」

「……」

みそ汁にネギが浮いていた。きらいだっていったのに。

「やさしくしてもらったら、感謝しなきゃいけないよ」

「……ムカツク」

「え？」

「ムカツクーッ」

さけんでしまった。

「ムカツク、ムカツク、ムカツク」

止められなくなった。

どうしようもなくて、家を飛びだした。

今の学校なんて大きらい、なのに、知っている道を走っていたら、校門についてしまった。ムカツク。

ランドセルも背負わず、校門で立ちつくしている直帆の横を、ほかの子が楽しそうに登校していく。こっちを見てひそひそやってる子たちもいる。ムカツク。

ここに立っているのも、教室に入るのも、ばあちゃんちにもどるのもいや。直帆には居場所がない。ムカツク!

そのとき、よびかけられた気がした。その方向へ目を向ける。東校舎一階の窓辺で、葉っぱが誘うようにゆれている。保健室のグリーンカーテンだ。

うわさを思い出した。養護の先生の。縄文美人の呪術師だとか、いたずら好きの妖精だとか、魔法使いの老女だとか。

呪術師でも妖精でも老女でもいい。

助けて。

直帆は保健室めざして走った。


「おいでなさいまし。四年一組、汐原直帆さん」

そして今、直帆は保健室のベッドで、ひざを抱えている。

「ムカツク」

「なにが、ですの」

ベッドのへりに腰かけ問うのは、養護の妖乃先生。

なにもかも、

「ムカツク」

「なぜですの」

理由なんて、もうわからない。

「ムカツク、ムカツク、ムカツク」

ああ、また、止まらなくなった。胸の内側が苦しくて「ムカツク」と吐きださずにはいられなくて、でもそうやって吐きだせば吐きだすほど、また胸に重苦しいものがたまっていく。

「ムカツク、ムカツク、ムカツク……」

なにかが胸でふくらんで、破裂しそうだ。

「ムカ──」

あ、止まった。くちびるにひんやりしたものがふれている。妖乃先生の人差し指だ。

「攻撃力のある言葉は、副作用も強いものですわ。依存症になりますことよ。おまけに、『ムカツク』にとってかわられ置き去りにされた感情が、ガスを発生させているようですわね」

なにそれムカツク、というより先に、

「でもだいじょうぶ、はい、あーん」

つられて大きく開いた口の中、舌の上になにか置かれた。ハッカの香り。平たくて丸くて、真ん中に穴。穴あきトローチ？

「チムニートローチですわ。『チムニー』は、煙突って意味ですのよ」

トローチを口の中で転がしたら、むしょうに、笛みたいにふき鳴らしたくなった。

とたんに、胸にたまっているものが騒ぎだした。ふきたいふきたいと渦巻き、せりあがる。突風となって、トローチの穴をぬけた。

ばびゅるるるぅぅ。

真っ赤な煙が、勢いよくふき出た。天井に突きあたって、広がる。火の粉がはじけ散る。音を立てて……声だ。

カワイソーッテ、イウナッ。

ヤダヤダヤダ。

バカーッ。

火の粉が直帆にふりかかる。熱い。でもなぜだろう、気分がいい。

また、胸がうずうずして、トローチをふきたくなった。

びゅろろろぅ。

トローチの穴をふきぬけ立ちのぼったのは、赤紫の煙。この町の、重苦しく押しつけがましい夕やけ色。水平線を金色に輝かせる夕陽が、恋しくてたまらない。

びゅろろろぅ。

今度は派手な黄色、ひまわりの。綾香といっしょの花壇係、夏休みも学校へ水やりに行った。綾香のおしゃべりもひまわりの花も、元気で自信満々で、直帆は疲れてしまったんだ。

煙は、次から次へとふき出る。

びぃろろろ。ばあちゃんのみそ汁の色。

びぃろろろ。直帆には似合わないピンクは、だれかのお古のワンピース。

トローチが、薄くなっていく。

ぴゅろろ。通学路の歩道のくすんだ緑色。

ぴゅろろ。温かなだいだい色、ああ、これはばあちゃんちの明かりの色。家じゅうの電気をつけて直帆たちの到着を待っていてくれた、最初の夜の。

煙は――こわい色も、苦手な色も、好きな色も――重なり渦巻き混じりあい、雨雲みたいになって、ベッドの下へと沈んでいった。

もうおしまいかなと、小さくなったトローチを舌でさわったそのとき。
胸のいちばん奥から、小さな風がかけあがった。

ぴゅう。

か細い音を立てて、煙がひとすじ、ただよい出た。泣きたくなるような青色だ。細くたよりなく、直帆の目の前をただよう。

窓辺の葉が、さわさわとゆれた。青い煙はグリーンカーテンへと流れ、吸いこまれて消えた。

どのくらいぼんやりしていたのか、

「ああ、見とれてしまいましたわ」

うっとりした声に、我に返った。

「コレクションするつもりだったのも忘れて、煙を見送ってしまいましてよ」

妖乃先生がベッドのへりに腰かけ、満面の笑みを浮かべていた。

直帆は保健室を見まわした。もうどこにも煙は残っていない。口の中のトローチも、なくなっている。

「らくになりましたでしょ？」

ほんとだ。破裂しそうだった苦しさが、消えている。直帆は両手を胸にあて、深く呼吸してみた。

ほろほろと、言葉が出てきた。

「あたし、どうすればよかったのかな。カワイソーっていわれるのがいやなんて、わがまま？　ばあちゃんのいうように感謝しなきゃいけないのかな」

先生は首を横にふった。

「わたくしもいやですわ、わがままでけっこう、がまんしませんことよ。あら、教育者らしからぬ発言でしたかしら。でもたまには、本音もよろしいですわよね」

黒々としたひとみが、静かな力をこめて、直帆を見つめる。

「あなたは、たいしたものですわ。自分を守って戦い、ここにたどりついたのですもの」

そのとき、からりと、戸が開いた。

妖乃先生が立ちあがり、出むかえる。

「おいでなさいまし、四年一組、井上早苗さん」

同じクラスの女子だ。おとなしい子で、あまり話したことはないけれど。

「どうなさいました？　お咳？」

そういえば、ぜんそくがちだとかで、よく保健室に行ってたっけ。

「ううん。今日は元気。保健室の窓から青いものが流れ出てたから、なんだろうと思って」

「うふ、早苗さんならきっと気づくだろうと思っていましたわ。お入りなさいましな」

「あのね、とってもキレイで、さみしい、青色だったの」

さみしい――その言葉が、直帆の胸にふれた。しみこんでくる。

ああ、そのとおりだ、直帆は、どうしようもなく、さみしい。

「あの青色は、なに？」

早苗の質問に先生は口角をあげ、

「わたくし、職員室に行く用事を思い出しましたわ。少しの間、お留守番していてくださいまし」

さっさと行ってしまった。

早苗が、ベッドにすわる直帆を見る。ちょっとはずかしそうに、声をかけてきた。

「具合、悪いの？」

小さな声だ。

「そうでもない」

早苗と話すのははじめてかもしれない。今まで、おはようのあいさつくらいで。そうだ、この子に、カワイソーといわれたことがない。

直帆はクラス中が敵だと思って、みんなにムカツク攻撃をしていたけれど。

居心地が悪くなって、ベッドの上でお尻を動かす。

クスクスクス。窓辺の葉が、音を立ててゆれた。笑い声みたいで、直帆はぎょっと体をすくめる。

「だいじょうぶ、こわくないよ」

早苗がベッドのわきに立った。

「この葉っぱたち、ときどき、あんなふうに笑うの」

思い出した。妖乃先生だけでなくグリーンカーテンも、学校の七不思議に数えられていたっけ。

秋になっても、つやつや勢いのある緑のグリーンカーテン。窓の外から内側をのぞけないほど、茂っている。にもかかわらず、保健室の中は気持ちよく風が通っていて明るい。

ふふふふふ、と、また、葉っぱ。

「きゃっ」

早苗が小さく悲鳴をあげて、ベッドにあがってきた。直帆にくっついてとなりにすわる。

「こわくないって、いったくせに」

「あんな笑い方、はじめてだもん」

直帆と早苗は体を寄せあい、グリーンカーテンを見つめる。

葉っぱが楽しそうにゆれる。うふ、うふ、うふぅ。

早苗がささやく。

「グリーンカーテンの奥に、小さなニワトリがかくれているんだって。その姿を見たら大吉なんだよ」

それはウソだろう。あんなところにニワトリがいるはずな――。

ケケッ。

聞きなれない声がした。グリーンカーテンの奥から。まさか。

ケケッケー。

白く小さなニワトリが、葉っぱの陰から頭を出し、きょろきょろしている。目があった。

ケッ。

ニワトリは、シマッタ、みたいな顔をして、茂みの中に首を引っこめた。

木漏れ日がゆれている。

……。

早苗が、直帆の腕をつかんでゆすった。

「み、見た？」

「み、見た」

「ニワトリ、だよね」

「ニワトリ、だったよ」

ふたり、顔を見あわせ、今度は直帆がきく。

「大吉？」

「うん、大吉」

「大吉って、いいことがあるんだよね？」

「うん、いいこと！」

早苗のはずむ声に、直帆もうれしさがこみあげてきた。

三学期

バレンタインブリザード

六年二組　河平(かわひら)太一(たいち)

太一は悩んでいた。この一週間、考えに考えて、でもまだ答えを出せないでいる。

幼なじみの茜か、ひとめぼれした結ちゃんか。

バレンタインデーに、どちらのチョコレートを受けとるべきか。

六年生のはじめに転校してきた結ちゃんは、はずかしがりやで笑顔がやわらかくて、なんつーか、綿菓子みたいな女の子。

茜は、気が強いうえに兄ちゃんふたりにきたえられて、けんか負け知らず。得意技はひざ蹴り。けれど弱い者いじめは絶対しないし、自分が悪いと思ったらいさぎよくあやまる、男前女子だ。

そんなふたりがなぜか仲良し。一週間前もスーパーでいっしょに買い物していた。

太一がその店にいたのは偶然。茜と結ちゃんの会話を聞いちゃったのは故意、つーか恋。

そりゃ気になるぜ。ふたりはバレンタインコーナー、それも手づくりコーナーの前にいたんだから。

で、後ろをこっそり通りつつ、聞いた。結ちゃんのかわいい声が、太一の名字を口にするのを。

「河平くん、どんなクッキーが好きかなぁ」

「太一はチョコクッキーだな」

と、あっさり答えたのは、茜。

もう心臓バクバク、ママにたのまれた買い物も忘れて、スーパーを出た。しゃかりきに歩いてはいたけれど、頭のてっぺんから足の先までぽっかり空洞。その中で、結ちゃんの声がリフレインされていた。

（河平くん、どんなクッキーが好きかなぁ）ああもうどんなのでも大好きです。

公園内をぐるぐる歩いて、エンドレスリフレインを味わっていたら、名前をよばれた。

「なにやってんの、太一」

いとこの翔が、目の前に立っていた。

「あ、う、ウォーキング」

「こんな寒い日に」

「いやもうぽっかぽか、春だぜ」

「暦のうえではね」

いつもながら、同い年とは思えないことをいう。

「翔は、どこ行くんだよ。塾行くみたいなカバンさげて」

「塾だし」

「なんで。受験終わりだろ、第一志望に受かったじゃん」

超難関エリート中学校に。

「合格したから、中学の予習」

「しょえぇえ」

秀才って大変だよなぁ。

「じゃ。おじさんとおばさんによろしく」

大人みたいなあいさつして、翔は立ち去った。

あ、いけね、買い物。

卵としょうゆを抱えてマンションにもどったら、エレベーターホールで茜とはちあわせした。手にぶらさげたナイロン袋に、チョコクッキー粉の箱が透けて見えている。

なんでおまえが、それを持ってんの？

まじまじ顔を見たら、

「うまく焼けたら、太一に味見させてやる」

茜はエレベーターを待たず、階段をかけあがっていった。

……これって、どういう状況だ？

茜も太一にバレンタインプレゼント？

もしかして、結ちゃんと茜、ふたりとも、太一を？

うぉおおおお。

今度は乗りこんだエレベーターの中でぐるぐる歩く。昇降ボタンを、八階まで全部押した。

一階ごとに、とびらが開いて閉まる。八階到着音が鳴ったとき、太一の頭の中でも、ぽーんとひらめく音がした。

そうか、わかったぞ！

仲良しのふたりだから、きっと話しあったんだ。バレンタインにチョコを渡して太一の気持ちをたしかめよう、どちらが選ばれても恨みっこなし、って。

うん、そうにちがいない。

で、どうするよ。

結ちゃんはめちゃくちゃ、かわいい。けれど太一が結ちゃんを選んだなら、茜はすっぱり太一をあきらめるだろう。それはいやだ。もしかしたらほかの男子を好きになるかも。絶対、いやだ。

ああ、どうすればいいんだ。

と、悩んでいるうちに、あしたはいよいよ、バレンタインデー。

朝早く目が覚めた。いつもより早く登校して、教室で茜と結ちゃんを待つことにした。だれもいない教室のほうが渡しやすいだろ、って気をつかったのに、ふたりが登校したのはいつもどおり、教室がにぎやかになったころ。すぐにチャイムが鳴った。

授業開始のチャイム、終わりのチャイム、鳴るごとに脱力と期待をくり返し、緊張が高まっていく。次の休み時間？　その次？　ひょっとして、トイレ行っている間に机の中に入れたかも？

待つ、ってきついぜ。緊張で胃腸までこわばって、給食食うのもひと苦労だった。

「太一、ちょっと」

やーっと声がかかったのは、掃除の時間。

「あん？」

待ちくたびれはてたおかげで、力みがぬけて、いつもどおりの声が出た。

「ほら、こっち、早く」

茜と結ちゃんに校舎裏に連れだされ、

「やる」

と、茜に生成り色の紙袋を押しつけられた。

「お、おう」

いよいよ、決断のときだ。

結ちゃんが、ピンクの袋を両手で差しだす。

「あ、あのね、これ河平くんに渡してほしいの」

ワタシテホシイ？　どういう意味だ？

「河平翔くん、三組の。いとこ、だよね」

「……」

ぴっきーん。世界がくだけ散りそうに張りつめたから、あわてて声を出した。

「あー」

そうだ、あいつの名字も河平だった。だけど、となりのクラスなのに。転校してきた結ちゃんがなんで翔のことを。

「わたしね、塾で河平くんといっしょなの。すごいよね、かれ」

「へー」

「ね、お願い、渡して」

うるうるした目で、見つめられた。

受けとりながら、最後のあがき。

「あー、えーと、本命？」

結ちゃんは小さくうなずいて、赤くなった。

じゃぁこっちはなんだろう。先に受けとった生成り色の袋を見つめたら、

「それは、あか――」

結ちゃんの言葉にかぶせて、茜が大声出した。

「そっちは、結とあたしの、ふたりから」

それって……。力がぬけた。

「なんだよ、友チョコかぁ」

「決まってるじゃん」

決めるなよ。

ああ、風が冷てぇ。だれだよ春だなんていったやつは。疲れた。もうぐったり。

それでもやけくそで、放課後、三組の教室から出てきた翔をよびとめ、ピンクの袋をつき出した。

「うちのクラスの、佐藤結ちゃんから」

「それなに？」

「手づくりクッキー」

「悪いけど、無理」

「なんでだよ」

「ぼく、牛乳アレルギーだから」

そういえば、そうだった。

「牛乳入りとは限らないだろ」

「バターも生クリームもダメなんだ」

「ちょっと下痢するくらいだろ、がんばって食えよ」

翔は笑った。さわやかなのが、にくたらしい。

「それ、ぼくのかわりにもらってよ。持って帰って母さんに捨てられるよりずっといい」

そのタイミングで、

「どうしてっ」

と女子の怒り声が聞こえて、太一はあわててふり返った。よかった、茜でも結ちゃんでもない。廊下でダンスクラブのキャプテンが、だれかの背中に向かってさけんでいた。

「それでも、あたしのライバルッ？」

あっちも大変そうだ、と、顔を前にもどしたら、もう翔はいなかった。

その夜。

自分の部屋にこもって、生成り色の袋に入っていたクッキーを、食った。香ばしくて、ほろ苦くて、さくっとして、ああ、友チョコはうまいぜ。

くっそぉ。

ピンクの袋も開けてみた。チョコやデコシュガーで飾られたクッキーと、ハート型のカードが入っていた。

〈彼女にしてください。ゆん♡〉

開けなきゃよかった。

翌日、ハートのカードをポケットにしのばせ、学校へ行った。翔の登校を廊下で待っていたら、結ちゃんが先に姿を見せ、かけ寄ってきた。

「河平くん、結のプレゼント受けとるとき、どんなふうだった？」

「えーと」

「喜んでた？」

「あー」

「やった」

結ちゃんは、胸の前でかわいくガッツポーズをつくって、二組の教室へ入っていった。

ふう。にぎりしめてた手を開く。あれ？　なんだっけ、このしわくちゃの紙きれ

……げっ、結ちゃんのカードじゃん！

「太一、なにやってんの」

「おせーよ、翔」

カードのしわを伸ばしてつき出したら、

「ごめん」

「あん？」

「ぼく、茜ちゃんのほうがタイプ」

なぬっ。思わず仁王立ちした太一の横を、翔はさわやかな笑顔ですりぬけ三組の教室に入ってしまった。

あ、また、手をにぎりこんでいた。やばい。カードは紙くずみたいに丸まってる。どうするよ。

とりあえず、ズボンのポケットに押しこんだ。

授業中も休み時間もずっと気になって、ぎゅうぎゅうとポケットの奥に押しこんでいたのに、家に帰ったとたん忘れた。

思い出したのは、夕飯もお風呂もすんで、自分の部屋でピンクの袋を前にため息ついたとき。

遅かった。

太一は、洗濯機の中で回るズボンを見ながら、考えた。

どうするよ、どうしようもないよな、うん、しかたない。なくなって気がらくになった。そうだ、クッキーも消去しちまおう。

かわいく飾られたハート型クッキーが全部で五個。重ねて一度に口に入れた。ハートが太一の口の中で割れる。甘い。甘すぎ。胸につかえた。これが胸キュンってやつ？　水で流しこんだら、キュンが腹に落ちて、冷たく固まった。

これで、カードもクッキーもなくなった。忘れよう。


翌朝、起きたときには、きれいさっぱり忘れていた。

校門についてちらりと思い出したけれど、もう昔のことさ、とふり捨てた。

なのに。

「ねえ、河平くんからなにか伝言あずかってない？」

結ちゃんに話しかけられたとたん、腹がキュンとした。

「わたしのこと、なんかいってなかった？」

腹の中で、ハートクッキーの残骸が、キュンキュンと目を覚ます。

「ねえ、てば」

太一は腹に手をあてながら、首を横にふる。

「お返事、あるはずなんだけどなぁ」

冷たいクッキーのかけらが、腹の中で暴れだす。ぶつかりあって、さらに砕ける。まるで氷の粒みたいになって、ふきあれてる。痛ぇ。

トイレへ行こうと教室を出たら、少し、らくになった。授業始まりのチャイムで教室にもどった。

そのあとも休み時間のたびに、結ちゃんから逃げるようにトイレへ向かった。

けれど昼休み、太一が席を立つより先に、結ちゃんがかわいい声で行く手をふさいだ。

「あのね、お願いがあるの」

腹の中、また冷たいかけらがキューーンとスタンバイする。

「三組へ行って、河平くんのお返事もらってきて」

返事なら、もう知っている。

――ごめん。ぼく、茜ちゃんのほうが……。

キュンキュンキュン、クッキーだったと思えないほどするどく凍りついた破片が、暴れだした。ふきすさぶ。猛吹雪だ。

寒い。

「ね、おねがぁい」

結ちゃんが、両手をあわせ首をかしげてる。

太一の腹が凍りついていく。

声も出せずにいる太一にかわって、話を引きとったのは茜だ。

「結、ホワイトデーまで待ちなよ」

「待てなぁい」

「じゃ、自分で聞けば？　塾もいっしょなんだし」

「絶対、むりぃ」

「しょうがないなぁ」

凍えながらも、その次の言葉が予想できた。——あたしが引き受けるよ。

そういわせまいと、太一は茜の手首をつかむ。

「だめだ、翔が、本気で告白したらどうすんだよ」と、心の中でいいながら。

茜は一瞬ぽかんとしてから、さけんだ。

「太一の手、冷たすぎっ」

あ、ともいわぬ間に、その背に負ぶわれた。茜は走りだす。

あったかいなぁ、こいつの背中。腹の痛みがやわらぐ。でもその分、茜の背中が冷えてるってことだよな。ごめん。

からりっ。勢いよく戸が開く音と、息を切らした茜の声。

「妖乃先生っ、急病人！」

今度は、ふわりと抱きあげられた。

「おいでなさいまし、六年二組、河平太一さん」

白衣の妖乃先生に軽々と、ベッドへ運ばれた。

「ヒメゴトヒエヒエ症でございますわ」

妖乃先生は、太一の腹にさわったり耳をあてたりした後で、そういった。

ベッドのまわりをウロウロしていた茜が、すぐ問い返す。

「どんな病気？」

先生は、太一の腹にカイロをのせながら、

「秘めごと冷え冷え。秘密と後ろめたさの相乗効果で、それはもう北極のごとく冷えてゆきますの。心あたりございまして？　太一さん」

茜と妖乃先生、ふたりに見つめられ、太一は首をすくめる。思わずつぶやいた言葉は、

「……腹キュン」

当然、突っこまれる。

「なんだよ、それ」

その横で先生がほほえむ。

「カイロはただの一時しのぎ、このままですと、すぐにまた猛吹雪再開ですことよ」

茜のにらみと先生のほほえみ、どちらもこわい。太一は身をすくめたまま、白状す

る。

「結ちゃんのクッキー、翔が受けとらなかったんだ。カードだけでも渡そうとしたんだけど、それも断られて」

茜が小さく息を吐く。

「結、失恋か。でもそれ、太一のせいじゃないし」

「そんで、カードを洗濯機でぐちゃぐちゃにしちゃって」

「あやまれば許してくれるよ」

「そんで……」

なんでだろ、結ちゃんのクッキーを食ったことを茜に知られたくない。口を閉ざしたものの、そんな抵抗は、

「そんで、どうした？」

茜に顔をのぞきこまれ、あっさりくずれる。

「クッキーも、食った」

「結のつくったやつを？」

太一は上目づかいで、うなずく。

茜はかがめていた上体を起こし、

「ふうん」

と、ひとこと。

「なんか重荷でさ、だから消去、つーか、証拠隠滅？」

太一の早口を、そっぽを向いた茜のつぶやきが止める。

「あたしが渡したのは？」

「友チョコクッキー？　あれはうまかったなぁ」

思い出したら、胸の奥にぽちっと火がともった。マッチの先ほどの小さな熱源。

「結のクッキーと、どっちを先に食べた？」

「友チョコ。もらった夜に。来年はもっとたくさん入れてくれよな」

小さな熱だけれど、それはじんわりと、凍えたおなかを温める。あれ？　カイロよりずっと効き目あるじゃん。

茜が、こっちを向いた。

「そういうことなら、助けてやる」

「へ？」

「あたしが、結に、伝えてやる」

ああ、こいつは、いつだって。

「茜、おまえ、かっこよすぎ」

つーか、このままじゃ、太一がかっこ悪すぎる。……結ちゃんはショックを受けるだろう。泣くよな、怒るよな。ちょっとこわい、いや、かなり。

そんでもさ。

「おれがいう。結ちゃんのクッキーを食っちまったの、おれなんだから」

「だいじょうぶか、ヒエヒエがひどくならないか」

茜の眉間にしわ。本気で心配されている。うれしいような、情けないような。

「あ、あのさ、だったら、ひとつたのみたいことがあるんだけど」

「まかせろ。で、なに」

「あの友チョコクッキー、おまえが焼いた？」

なぜか茜は顔を赤くしながら、でも、しっかりうなずいた。

「お、おぅ。あたしがつくったぞ」

「あれ、食いたい。食ったら、腹も治ると思う」

茜はさらに顔を赤くしつつ、かたわらの妖乃先生を見る。

「先生、太一、チョコクッキー食べてもだいじょうぶかな」

口をはさむことなく、でも楽しそうに、茜と太一を見ていた先生が、満面の笑みを浮かべた。

「うふ、どんなお薬よりも、茜さんの手づくりクッキーが効くことまちがいなしですわ。あら、でもそれって、妖乃特製アイテムを試せないということですわね。まぁぁ残念ですこと、せっかくおいでいただいたのに、まぁぁ」

長い髪をゆらゆらさせて残念がっていた先生が、目を見開いて、口をつぐんだ。窓辺を見つめている。声が、ささやきに変わった。

「つぼみが開きますことよ、咲きますわ、はじめて……」

茜が先生の視線を追って、小さくさけぶ。太一も息を飲んだ。

青々と茂る(しげ)グリーンカーテンがぐねぐね動いている……そうじゃない、そこかしこの葉の上で、陽炎(かげろう)がゆらめいているんだ。

「目には映(うつ)らぬ、透明(とうめい)な花ですの」

ゆらめきとともに、香(かお)りが広がる。

とてもいいことが待っているような、そのくせ、切なさに胸(むね)がしめつけられるような、そんな香(かお)りの中に、太一(たいち)と茜(あかね)はいた。

ごきげんよう

養護教諭（ようごきょうゆ）　奇野妖乃（あやしのあやの）

その朝、妖乃は新しい白衣に袖を通した。ナースシューズもまっさらだ。

職員室に入るなり注目を浴びる。

「奇野先生、今日はフォーマルな服装をお願いしたはずですが」

教頭先生の言葉に、

「これが、わたくしのフォーマルですわ」

胸を張ってみせた。

今日は卒業式。養護教諭になって最初の児童たちの。そして、人の世とはなれていた妖乃にとってはじめての。

卒業式が終わった。

保健室にもどるなり、白衣のポケットからコッコチャンが飛びだし、肩にとまった。

「みな、よそいきのお顔をして、おもしろうございましたわね」

「ケー」

「ええ、花菜さんも卒業証書を受けとっていましたわ」

「ケケッ」

「あなたには、わたくしがいますわ」

「ケ」

コッコチャンは、床に飛びおりる。走りだした。羽を広げ、床をけり、机に飛びあがる。その勢いのままさらに机をけってカーテンレールへと飛びうつった。レールをはしまで走って、飛んだ。床に着地する。また走りだす。

コッコチャンの足は力強い。力強くなった。

「ケーッ」

床から机へ、机からカーテンレールへ。三周目に入ったとき、大勢の笑い声と足音が近づいてきた。コッコチャンはあわてて、グリーンカーテンの奥へとかくれる。

からり。戸が開いた。

「妖乃センセー」

「まぁ、おいでなさいまし」

六年生——いや、「卒業生」となった子たちが、連れだって入ってきた。

「妖乃先生、卒業式であんなに笑っちゃダメだよぉ」

にぎやかに、妖乃を取りかこむ。

「うふっうふって、聞こえてたもんね」

「また教頭先生にしかられるぞ」

そんなこといったって、はじめての卒業式、めずらしいやらおもしろいやらで、心が浮き立って。

うふっ。

「先生ってば、また、笑ってる」

心が弾んで、泡がはじけるのですもの。ソーダ水みたいですことよ。

うふっ、うふっ。

「しょうがないなぁ、妖乃先生は」

「だって、妖乃先生だもん」

「バイバイ、先生、がんばってね」

子どもたちは、肩をすくめたり笑ったり手をふったり、それぞれのやり方で別れを告げ、保健室を出ていく。妖乃は見送る。

「ごきげんよう」

また別の卒業生たちが入ってくる。

ヒエヒエ症から回復した河平太一と、木元茜・佐藤結もその中にいる。先日、バレンタインのなりゆきを、太一から聞いたばかりだ。

プレゼントを拒否されたことを知った結はすっくと立ちあがり、翔に抗議しにいったそうだ。「心をこめてつくったのに。カードだって勇気をふりしぼったのに。いくら勉強できても、そういう、い、い、うのわからない人は幸せになれないんだからっ」

その結果、ホワイトデーに翔から結にグミキャンデーが贈られ、そえられたカードには「これからもよろしく」とあったとか。

ひとしきりにぎわい、やがて最後のグループが帰り、保健室は静かになった。

開いたままの戸の向こうに、ひとりの少女が立っていた。

「おいでなさいまし、西田花菜さん」

グリーンカーテンの奥で葉ずれの音がする。

保健室に入ってきた花菜は、思いつめた表情で妖乃を見あげ、ひとことひとこと、はっきりと声にした。

「ニワトリ、返して、ください」

「あら、わたくし、コッコチャンを大切にしておりますことよ」

花菜はうなずく。

「でも、あれは……あたしの心だから」

そのとおり。

「はじめに、そう申しあげましたのに」

「あのときは、認めたくなかったんだもん」

「そのまま、お忘れになればよろしいのに」

そうすれば、コッコチャンはいつまでも妖乃のもの。

「忘れられなかった」

と、少女が顔をあげる。

さて、どういたしましょう。

「もとにもどすことをお望みなのかしら」

コッコチャンを悪者にして押しこめるつもりなら、お断り。

「出てきた穴は、もうふさがっていましてよ」

花菜は自分の左手に目を落とし、自信なさげに、ゆらゆら首をふる。

「どうすればいいのかわからない。けど、もう一度、ダンスを好きになりたい。また華をねたむかもしれない。それでも、火種を取りもどしたい」

「ケ」

葉陰からコッコチャンが姿をあらわした。花菜が息を飲む。一羽とひとりが見つめあう。先に目をそらしたのは、花菜だ。

「もしも、もしももしも、またネタミノフジツボができちゃったら、妖乃先生、助けてくれるよね」

花菜の必死な目。心のふるえが伝わってくる。

うふふふふ。

妖乃は、子どもどうしで遊んだり、けんかをした経験がない。学校には行けなかったし、他人がこわかった。だけど、いや、だからこそ、あこがれた。むきだしの、やわらかな心に。

「妖乃先生？」

本当は、花菜が取りもどしにくるだろうとわかっていた。だって、コッコチャンがそれを信じていたのですもの。

「コッコチャン、どうなさいます？」

「ケ」

ほら、ね。

「お別れですわね」

ならば、贈りものをいたしましょう。はじめて咲かせた花の種を、コッコチャンのために。

「花菜さん、この草の匂いがお好きでしょ」

「え？」

きょとんとしつつもうなずき、目を閉じ深呼吸する少女。ここへ来るたびに、そうしていた。

「うん。葉っぱの匂いも、花の香りも。なんだか、元気になる」

目に見えぬ花の存在に気づく子と、そうでない子がいる。花菜は感じとっている。

「種をさしあげましょう」

「このグリーンカーテンの？」

「ええ。好きな場所にお植えなさいまし。芽が出て、ツルが伸び、葉が茂り、あなたがたを助けてくれますわ」

せっかくコッコチャンがお外に出てきたのですもの、新しいつながり方をさがせばよいのですわ。ゆっくりと時間をかけて。

窓いっぱいにゆれる陽炎、これがたくさんの小花なのか、ひとつの大きな花なのか、妖乃にもわからない。知っているのは、種をしずくのようにこぼすということだけ。

「花の中に、手を――左手を、お入れなさいまし」

ネタミノフジツボに苦しんだその手なら、きっと、種を受けとめることができるだろう。

「え？」

「種をご自分で、お受けとりなさいまし」

花菜が、グリーンカーテンに向きあう。透明な花の形をとらえようと、目を大きく見張っている。おずおずと腕を、手のひらを上にして伸ばした。陽炎に左手が吸いこまれ、ともにゆらめく。

「あ」

かすかな声をあげ、そろりと腕を引いた。息を止めて、手のひらを見つめている。そこになにがあるのか、妖乃の目には映らない。それは、花菜だけの種だから。

「この草の名前を、お教えしましょうね。『キミモリソウ』といいますの」

「キミモリソウ……」

そう、君守草。

花菜は上着の内ポケットに種を入れ、肩にコッコチャンをのせた。

「ああ、お別れがさみしゅうございますわ」

花菜とコッコチャン、四つの目が、妖乃を見る。

「先生、あたしのネタミゴコロを——いい子じゃないとこを好きになってくれて、ありがとう」

「ケクッ」

あら、まぁ、どうしましょう。またソーダ水の泡みたいにふきあがってきましてよ。

「うふ、うふ、うふふふふ」

花菜が保健室を出ていく。廊下で待っていたらしい少女が、かけ寄る。青山華だ。

ふたりの少女は、肩を並べて帰っていった。

窓辺で、かすかな吐息がした。種を渡し終えた花がしぼむ。そこから先はいつもと同じ、茂っていた葉もツルもみるみるちぢんで、プランターの土の中へとかえっていく。

ここでの季節を終えて、グリーンカーテンが消えた。

翌日は終業式だった。もちろん、白衣とナースシューズで出席した。式を終え、保健室にもどる。

「コッコチャンがいないと静かですわね」

プランターに向かって話しかけ、窓を開けた。

運動場をはさんで校舎が見える。その窓ごしに、子どもたちを感じる。

「気分の悪い子はいませんことよ。今日はだれもここへ来ませんわ。うふ、少し、さみしいですかしら」

チャイムが鳴った。校舎の窓がいっせいに活気づく。そして聞こえてくる。いすの脚が床をこするひびき。ランドセルの金具の音。低学年のあどけない声、高学年のしっかりした声。階段をかけおりる足音。

子どもたちが、校舎から出てきた。校門へ向かう途中、妖乃に気づいて手をふる子がいる。保健室に見向きもしない子もいる。

窓辺にかけ寄ってきたのは三年三組だった広池草平。メトロノームの呪いを破った子だ。

窓から中をのぞきこみ、

「グリーンカーテンがなくなってる！　枯れちゃったの？」

「季節を終えただけですわ」

「じゃ、また生える？」

「また別の場所で。それはそうと草平くん、約束をおぼえてらっしゃる？」

「あれはぼくのお守り、あげないよー」

草平はまた友人たちのところへかけもどっていった。

はじける笑い声は、女子のグループ。パンダ模様のマスクをした子は、五年二組だった山本笑里。また花粉症の季節だ。笑里は友人とのおしゃべりに夢中で、妖乃に気づかない。顔の半分がマスクにかくされていても、その表情がいきいきしていることがわかる。

あの「ぼっこマスク」は、いまだつかまらない。くやしいですけれど、この町に物の怪をひとつ増やしたのですから、よしといたしましょう。

少女がふたり、手をつないで運動場を横切ってきた。

「妖乃せんせ」

「こんにちは、せんせ」

四年一組だった汐原直帆と、井上早苗。ふたりして、窓の内側をのぞきこむ。

「グリーンカーテンは？」

「ニワトリは？」

コッコチャンの姿を目にして大喜びしていたふたりだ。

「コッコチャンは、本来の場所へ帰りましてよ」

「大吉のお礼、いいたかったねぇ」

「いいこといっぱい、だもんねぇ」

笑顔を見あわせている。うらやましいこと。わたくしもいつか、そんな相手とめぐり会えますかしら。

ふたりは声をそろえた。

「妖乃先生、さようなら」

「ええ、ごきげんよう」

最後の児童が校門を出ていくまで見送って、窓を閉めた。

「さて」

妖乃は小さく気合いをいれ、ボストンバッグを開く。机のひきだしや棚から私物を取りだし、バッグにおさめていく。抗ネタミンシロップ、ナイナイバンソウコウ、おまじない糸、おともカプセル、チムニートローチ、ほかにも、使うことのなかったさまざまな妖乃特製アイテムを。

それが終わると、はずしてあった布地のカーテンを窓辺につけなおした。これで、もとどおり。

ひとつの町に長く住まない――それが妖乃のルールだ。正式な発表はまだだが、この学校は今日が最後、遠い地への赴任がすでに決まっている。

「さてと」

もう一度つぶやいて、保健室を見まわす。

ここで、心を、コレクションするつもりだった。やわらかな心からこぼれたり、あふれたりしたものに、形をあたえて。

たとえば、ネタミゴコロを外に引っぱり出したように。あれは大成功。そのあとも、ぼっこマスクに想いを吸わせ、おともカプセルでお守り玉をつくり、胸にたまった感情をチムニートローチで煙にしてふき出させた。

なのに、今ここに、なにも残っていない。

にもかかわらず、妖乃は満たされている。

「うふふ、おかしいですわね、なにひとつ、手に入りませんでしたのに」

キミモリソウの花が咲いたことと、関係があるのかもしれない。

その葉は、人の心に寄りそい、助けてくれる。

花は、種の持ち主が、だれかの心を守れるようになってはじめて、咲く。

「さ、まいりましょう」

妖乃の声に答えて、プランターが、ぽすんと鳴った。埋まっていた種が、土の上に飛びだした音だ。

幼いころに、曾祖母のキミモリソウから分けてもらった、妖乃の種だ。

種を手のひらにのせ、やさしく土をはらう。首にさげた小袋に入れ、胸もとへとしまった。この先も、ずっといっしょだ。もちろん、次の保健室でも。

「今度こそ、たくさんの心を……うふっ」

白衣のしわを伸ばす。胸を張る。ボストンバッグを手に、保健室を一歩出る。

「ごきげんよう」

からりと、戸を閉めた。

保健室

作者　染谷果子（そめや・かこ）

和歌山県田辺市生まれ、神戸市在住。主な著書に『あわい』『ときじくもち』（以上、小峰書店）、アンソロジー作品『トキワムシ』（「タイムストーリー・5分間の物語」偕成社）、その他作品『やまんばば』『鬼羅の歌』などがある。

画家　HIZGI（ひつぎ）

「フェティッシュ、カワイイ」を元に創造したキャラクターに自己投影するという独創的な手法でイラストを描くアーティスト。日本のみならず、欧米を中心とした海外でも人気が高く、ファンが続々増殖中。本書が初の装画・挿絵担当の書籍となる。http://hizgi19.tumblr.com/

あやしの保健室

❶ あなたの心、くださいまし

2016年9月22日　第1刷発行
2017年6月30日　第2刷発行

作　者…………染谷果子
画　家…………HIZGI
装　丁…………大岡喜直（next door design）
発行者…………小峰紀雄
発行所…………株式会社小峰書店
〒162-0066　東京都新宿区市谷台町4-15
TEL　03-3357-3521
FAX　03-3357-1027
http://www.komineshoten.co.jp/
印　刷…………株式会社精興社
製　本…………小髙製本工業株式会社

ISBN 978-4-338-30501-3　NDC 913　183P　20cm

Ayashi-no Hokenshitsu